Lectio tertia.

Uasi cedrus exaltata

“ワクワクして生きていいって言ったら、どうする?”

WESTERN HEMISPHERE
MERCATOR

EASTERN HEMISPHERE.
E
PSY
LD
JECTION

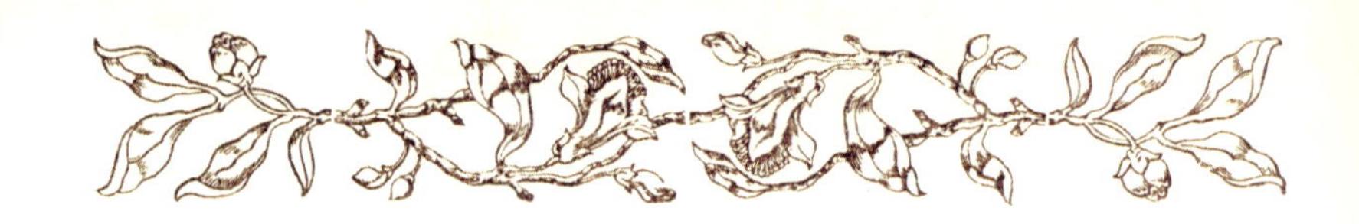

はじめまして！
私たちはなほ・まほという双子姉妹です。

これは、私たちふたりの人生に起きた奇跡の物語であり、
はじまりの物語です。

『EARTH GYPSY』という生き方は、この物語からはじまりました。
2014年2月――私たちはこの物語をグアテマラのホテルで書き始め、
１年後に、本の舞台となった南米ペルーで書き終わりました。

世界中の仲間たちに向けて書いたこの本が出版されると、
毎日のように手紙やメールが届きました。

そして３年後の今、この本が新たに完全版として発売されることになり、あの時、言葉にすることができなかった体験や、物語を加えることができたのです。時を越えて、この本に新たに向き合えたことはとても嬉しく、そして大きな意味を感じています。

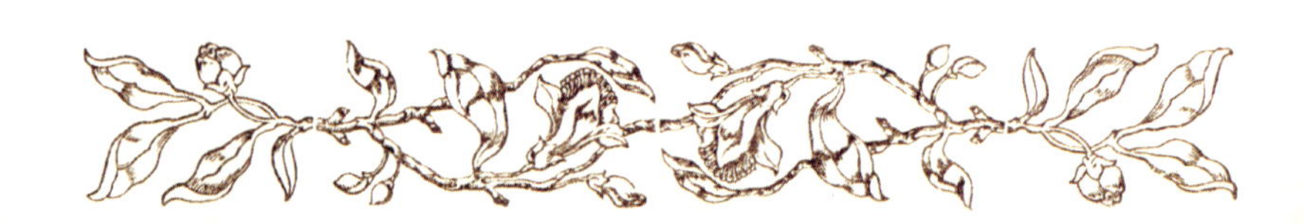

世界中の仲間たちへ――。
私たちだけではなく、全ての人には、
その人を待っている宝物があります。
心のワクワクやあなたに届けられる前兆、直感、魂の震えがその宝物までの道のりを、必ず教えてくれます。

すべての人は、宝物を探す旅人なのです。
そして宝物にたどり着いた時、本当にびっくりすることでしょう！
人生のすべてが、そこまでの完璧な道筋だったということに。

この本が、あなたのはじまりの物語になるように。
心からこの物語を書こうと思います。

2017年6月　Naho & Maho

CONTENTS

EARTH GYPSY

－はじまりの物語－

written by

Naho&Maho

presented by TO BOOKS Inc.

EARTH

GYPSY

EARTH GYPSY
CHAPTER
1
NAHO & MAHO
第1話
“不思議な力”

子供の頃のこと、覚えてる？

子供の頃、例えば親戚のおじさんに「なんかこの人嫌だなぁ～」と思って近寄らなかったり、「よく人のいないとこに手を振ったりしてたわよ、あんた！」なんてお母さんに言われたり、そう言うことは誰しも少なからずあったと思う。

今思うと、勘違いかなぁ～、なんて思うかもしれないけど、子供の頃は今より勘が鋭かったし、感覚が敏感だった。そんなことを言ったら、「変なやつ！」とか「スピリチュアルだね～！」とか言われるかもしれない。
だけど、**子供の頃は目に見えないこともちゃんと大事にしていた。**

私となほはそうゆう感覚が少し強かったと思う。言わば、感受性が強い子だった。双子というのもあって、二人でいることで色んな感覚があんまり衰（おとろ）えなかったのかもしれない。

永遠あいこはテレパシー？

小さい頃は、双子二人で“**永遠あいこ**”というのができた。その名の通り、じゃんけんを永遠に“あいこ”にし続けられるというもの。

もちろん偶然なんかじゃない。
よく大人から「永遠あいこやって～」と言われると、こっそり影で、
「じゃあどっちが読む？？」
「じゃあ私は出し続けるから、なっちゃんが読んで！」と、
どちらが相手の出す手を“読む”か決めていた。

そして、“読む”方はひたすら相手の出す手を読み続ける。今思うとテレパシーみたいなものだったのかな？ 私となっちゃんは、頭の上に見えないスペースを共有しているという感じだった。コンピューターでいうと、クラウドみたいなものだろうか。それは双子の間だけじゃなく、実は他の人とも同じような感覚があった。

すべての人は、同じ“クラウド”で繋がっているんだ。だから“永遠あいこ”

ほどハッキリとは分からないけれど、なんとなく考えていることや感じていることが分かったし、なっちゃんとも他の人とも、もっと今より距離が近くて繋がり合っている様に思えた。

そして、**そんな自分の感覚を100%信じて疑わなかった。**

世界がもっとカラフルだった

そして小さい頃、世界はもっとカラフルだった。私の世界は色で溢れていた。

それは共感覚と言って五感の壁が低く、感覚がゴッチャになっているのだそうだ。子どもの頃にこのような感覚を持っている子は多いらしい。そのおかげで、音楽も、人も、場所でさえ色彩があった。すべては色だったのだ。

テレビからは赤色と黄色が向かってくるし、ドアから出て来たパステルの色のジャングルに飲み込まれたこともある。よく行く本屋さんは、流れているBGMのおかげでいつも青かった。

そして、人は色とりどりでとても綺麗だった。
すべての人に、それぞれ違うその人だけの色があるんだ。テレビで見る凶悪犯と呼ばれる人も、お年寄りも赤ちゃんも、怒っている人も落ち込んでいる人も、**どんな人も本当にとんでもなく美しい。**

なっちゃんも色ではないけれど、同じ様に人の輝きを感じるギフトを持っていた。私たちは二人の間で、不思議で少し神秘的なこの感覚を「ぷあんぷあん」なんて呼んで楽しんでいた。

そんな風に小さい頃は、目に見えるとか見えないとか関係なかった。感じたままに世界を見ていた。すべてが鮮やかで、不思議がいっぱいで、毎日がキラキラしていた。**ずっとこんな風に、世界は続いていくんだと思っていた。**

だけど、いつからだろう？
私たちは大人になるにつれて、だんだんとそんな感覚は忘れてしまった。いつの間にか、気づいた時には音楽も人もカラフルではなくなっていた。“永遠あいこ”も出来なくなった。どうやって出来ていたのだろう？ もう思い出せなかった。

感覚が失くなったというより、大事にできなくなったんだと思う。
もうそんなもの、私たちの人生にはなに一つ重要ではなかったからだ。お金のこと、就職のこと、仕事のこと、人間関係のこと……。私たちは明日や一ヶ月後のこと、目先のことを考えることに必死で、今を楽しむこと、感じることをすっかり忘れてしまったんだ。

それが人生で一番大切なのに。
心を大切にできない理由に“仕方ない”なんてなかったはずなのに。

二人別々の道へ

だけど人生は進んで行く。
ゆっくり考えたり止まっている時間はないのだ！ という風に、なっちゃんと過ごした大好きだった子供時代は、あっという間に過ぎていった。

気づいたら、私たちは高校を卒業しようとしていた。相変わらず仲の良い双子の姉妹だったけれど、その頃にはそれぞれ別の道を選ぶようになっていた。双子があまりにもベッタリ一緒にいると、周りはなんとなく心配になるらしい。私たちも「そうゆうものか」と、一緒の進路は避けるようになっていた。

私は高校を卒業し、専門学校に行くことにした。昔からの夢だった洋服のデザイナーになるためだ。なっちゃんは大学へと進学した。
双子の私たちにとって、初めての一人暮らしだった。**まったく別々の人生がスタートしたのだ。**そしてその時にはもう、**小さい頃のことなんてすっかり忘れてしまっていた。**

デザイナーという夢

私がデザイナーになろうと決めたのは小学4年生の時だ——。
テレビで見たパリ・コレクションに釘(くぎ)付けになった。その自由さに、世界の広さに、衝撃を受けた。テレビに映る海外のモデルさんたち。色鮮やかなテキスタイル。そして**コンセプチュアルな洋服たちは、世界へとメッセージを放っていた。**私の人生に突如現れたその閃光(せんこう)は、絶対にデザイナーになる！ と、固く私に決心をさせた。

それからは、とにかくデザイナーへの道一直線だった。
デザイナーにさえなれたら、あの時感じた自由で広々とした人生が待っている——と、信じて疑わなかった。

そしてついに、専門学校を卒業した私は晴れてデザイナーとして就職したのだ。しかも入った会社は、運良く憧れのブランド。もうこれからの人生“幸せ”でしかない！ ……はずだった。

だけど、何か違った。
あんなに憧れていたはずの仕事をしていても、どこか満たされなかった。
デザイナーと言っても企業デザイナーだ。普通の会社のように、ぎゅうぎゅうに並んだ机で仕事をこなす。可愛い服をデザインしては、お客さんに喜んでもらい、次のシーズンがまたやってくる。みんないつも忙しそうだった。
だけど……これを繰り返した先には何があるんだろう？

いつもぽっかりと、充実感がないのだ。

「何を馬鹿なこと言ってるんだ。仕事とはそんなものだ！」
相談すると必ずそんな風に返ってきた。
「好きな仕事に就いたんだから、まだ恵まれているじゃない」
その通りだ。

しかし、仕事に行くたび心がすり減っていくようだった。そして、散々悩んだあげく、私は1年足らずで念願だったデザイナーの会社を辞めたのだった。

バイト三昧の日々

それから私のとった行動は、もう一度“さらに難易度の高い学校に入り直す”ということだった。
企業デザイナーが違ったんだ。もっと技術を磨いて独立したら、また違うのかもしれない。

私は、学費を貯めるため、一年間実家の九州に戻ってガッツリ働いた。
朝9時から夜7時まで電器屋さん、それから居酒屋、そのまま深夜は違う居酒屋。朝6時にやっと始発で帰るなんてザラだった。とにかく寝る以外はほとんど働いた。倒れるまで働いた。

今思うと、私は抜けられない迷路にはまっていたんだと思う。会社を辞めてしまった劣等感を、何かを追いかけることで埋めようと必死だった。デザイナーという夢を諦めることだけは、絶対にできなかった。デザイナーという道だけが、自由に生きられる唯一の希望の光のはずだったから。

1年後、学費が貯まった私は、また洋服の専門学校生になっていた。
今度は東京だ。

本当は別の人生があるんじゃない?

そして、2回目の専門学生になった時、やはり私は路頭に迷っていた。

結局また学校に入り直しても同じだったのだ。
今度も充実感がなかった。
いや、もう私は服に対しての情熱が持てなくなっていた。

だけどもうここまできたら、そんなこと口が裂けても言えなかった。
だって親にはなんて言えばいい? 友達の皆には?
7年もかけてやってきたことだもん。

学校なんてもう２度目だ。迷惑も沢山かけた。

デザイナーという夢は、自分の肩書きであり、アイデンティティーであり、
プライドだった。もはや夢は、執着（しゅうちゃく）となっていた。

“もう服じゃなくてもいいのでは？”という心の声は、
絶対聞いちゃいけないことだった。

“本当は別の人生があるんじゃない？”
ということに気がついてしまうのが怖かったのだ。

だって今までの苦労や、“私の証明”が全部無くなってしまうから。
私には何の価値も無くなってしまうから。
そこから先は、底なし沼のように真っ暗で何も見えなかった。
だから、本当の気持ちは全部心の奥に隠したんだ。何重にも蓋（ふた）をして。

絶対に見てはいけないもの。それは自分の本音だった。

人生の角度を大きく変えた出会い

しかし、人生を変える出会いは突然にやってくる。
おかげで、私は忘れていた本当の人生を思い出すことになる。
極限まで巻かれたネジが一気に放されるように。
ぐんぐんと元に戻っていく。

その出会いの序章は、
東京のある電器屋さんに立ち寄ったことから始まったのだ――。

第2話

“アフリカへ行く彼から学んだ"生きる"こと”

人生の角度を大きく変えた出会い

そして、その出会いは突然にやってくる。おかげで、私は忘れていた沢山の大事なことを思い出すことになる。極限まで巻かれたネジが一気に放されるように。ぐんぐんと元に戻って行く。その出会いの序章は、東京のある電器屋さんに立ち寄ったことから始まったのだ。
7月の終わり。その日は朝からなんだか変な日だった。東京はコンクリートからの照り返しでとても蒸し暑く、あまりの暑さから逃げるようにして近くの電器屋さんに入った。

店内はクーラーが効いていて、とても涼しい。火照(ほて)った身体も10分も経てば冷えてしまうくらいだ。だから汗がひいたらすぐに店を出るつもりだった。

しかし、なぜかパソコン売り場のひょうきんなお兄さんに、しつこく営業をかけられてしまったのだ。しかも、宮川大輔にそっくり。

「いやぁ、パソコンは本当に欲しいよ。授業でも使うけんいつかは買いたいけど…… でも12万は高いよ～！ 学生は買えないよ～」

「いやいやいや！ お姉さん！ 今買わなかったら絶対買わないでしょ！」
「(そう言われても)」
「オッケー！ 分かった！ これは何かの縁だ！ 僕の持ってる権限を全て使ってあげよう！」
「え？？」
「このパソコンをなんと5万円にしてあげるよ！」
「！！！！」
「しかも僕のアフターサポート付きだよ！」
「！？！？」

最後のサービスは丁寧にお断りして、人生で初めて、その場でパソコンを衝動買いしてしまったのだ。しかもたまたま涼みに入っただけの電器屋さんで。箱の隅(すみ)には、お兄さんのアドレスが書かれた紙もちらついている。

自分でも少し訳の分からないまま、買うはずもなかったパソコンを片手にお店を出ると、今日は自転車で来ていたことを思い出した。

どうやって帰ろう。というか、買ってしまった……。
色々な不安を残したまま、結局パソコンを片手に持ち、よたよたと恵比寿まで自転車を漕(こ)ぐことになった。

当時は専門学校の近くの恵比寿のボロアパートを借りていた。パソコンを抱えながらの真夏の自転車走行はきつい。新宿から恵比寿はなかなか距離もある。段々手もしびれてきた。あと5分で家に着くというところの交差点で、とうとう自転車ごとこけてしまった。

誰一人、通行人は気にもとめず、冷やかな目で私を見ながら横切って行く。
その時、後ろから声がした。

「大丈夫ですかー？」
若い男性の声だった。

恥ずかしくなって、後ろも振り向かずに「大丈夫です」とだけ言って、また自転車に手をかける。しかし、またバランスを崩してこけてしまった。

「ほら！ 全然大丈夫じゃないやないですかー！ 持ちますって！」
「家近いんならそこまで運びますよー」

顔を上げるとタンクトップに真っ黒に日焼けした2人の男の子が立っていた。
駆け寄って自転車を起こしてくれたのだ。

――あ。

この時、本当にうまく言えないけど、私は生まれて初めての不思議な感覚に包まれていた。

――やっと会えた。

2人を見たときの最初に出てきた言葉が、これだった。しかもよくある勘違いの程度ではなく、今でもあれは何だったんだろう？ と、思うぐらい印象的で鮮明だった。その感覚は後にも先にもこの出会いだけだった。

今初めて会ったのに、とても懐かしくてたまらなかったのだ。
まるでよく知っているけど遠くにいた大好きな友人に、ようやく出逢えた、という感じ。嬉しくて、ワクワクした気分だった。

そう感じたのは私だけだったのか、2人もそうだったのか、それはよく分からない。だけどこの出会いを、3人とも特別なことに感じていた。とてもテンションが高かった。

結局パソコンを運んでもらうことになり、家に着くまでの、5分もかからない道を3人でワイワイ話しながら歩いた。

生き方の広さ

男の子2人は、由紀夫（ゆきお）とけんちゃんといった。3人とも歳が近く、同じ九州出身ということもあり、話はとても盛り上がった。

彼ら2人の出会いは面白かった。それぞれが一人旅をしている時に、偶然タイで出会ったらしい。2週間程一緒に暮らし旅をして、またいつか日本で会おう！ と約束した再会の日が、今日だったのだ。

そして2人の生き方は、その時の私にはあまりにも新しかった。
まず由紀夫はバレエダンサーで、来月からカンパニーに入ってプロで活躍することが決まっていた。12歳の時、初めて船で世界一周をして、それからヨーロッパや東南アジアなどでダンスをしたり放浪したり、海外にふらっと旅に出ていた。

けんちゃんは日本や海外のボランティアをしていた。スイスで農業をしてみたり、カンボジアでボランティアに参加したり、もうすぐアフリカへの短期ボランティアへも行く予定だった。

そしてそんなバックグラウンドを聞くより先に、2人とも大きなスマイルが最高に素敵だった。2人の持つ空気は、ゆったりしていて、とても広く、そしてとんでもなく自由でピースフルだった。

「世界が平和になる生き方をしたいんよな。仕事は生き方やけんさ」

私の視界が急に大きく広がった気がした。

え？ 何それ。
そうゆう考え方、大人になってもしていいの？
そうゆう生き方ができるの？
仕事が生き方って……なんだろう。

胸は熱く、足もとがグラグラしていた。

自分の生き方

その時の私はといえば、自分の道に迷いまくっていた。だけど、その気持ちさえ認められずにいた。「専門学生」「デザイナー志望」、そんな自分の持っている小さな肩書きが全てだった。

この2人はなんでこんなに自由なのだろう……？
特別なキャリアも肩書も何も持っていないのに……？

その時の私には海外に行くなんて選択もなかった。
目的もなく旅をするなんてよく分からなかった。

自分の頭の中には大きな道があって、いつもゴールは前にあった。道からそれるのは恐ろしいことだし、止まってしまうと、どんどんゴールは遠くへ行ってしまう。

急がないと。
でも、いつになったら辿り着くんだろう。

新しい扉

家まで着いて、また近いうちに会うことを約束すると、次の約束があるらしく、2人は帰って行った。ドア越しによく焼けた2人の背中を見送りながら、自分の身体中にすごい速さで血が巡っていくのが分かった。胸が熱くなって、お腹の底からワクワクしていた。今日一日の不思議な出来事が高速で回転していった。

足もとには新品のパソコンが一台転がっている。頭ではよく分からないけど、何かが大きく、大きく変わろうとしていた。

まだ分からない、新しい扉が開いたような気がした。

最高に非日常な毎日

その“夏”はものすごく短かった。
それから由紀夫とけんちゃんと、もう一日たりとも無駄にしまい！　と毎日を楽しみ尽くした。お祭りやキャンプ、満点の星空から落ちる流星群の下で、寝袋にくるまって眠ったこともあった。こんなの忘れられない。

毎日が新鮮で、非日常で、夢みたいに最高だった。
私たちは残りわずかの夏を、会えなかった時間を埋めるように超特急の駆け足で過ごした。

そして最高に楽しかった短い夏も、あっと言う間に終わってしまう。
またいつも通りの、淡々とした日常がやってきた。

夏が終わる

夏が終わると、由紀夫はプロのダンサーになった。けんちゃんはアフリカの短期ボランティアへ。そして私はいつも通り、服の専門学校へ通う“普通”の日常に戻って行った。でも、私に見えている世界は少し“いつもの日常”ではなくなっていた。相変わらず学校は忙しいし、まだまだゴールも見えない。

だけど、何かが変わったように思えた。
狭かった視界が、ほんの少し明るく広がった感じがした。
まだ、よくは分からないけど。

最高の日常がやってくる合図

数か月が経ち、アフリカからけんちゃんが帰国する時期になった。出発前、けんちゃんからは帰国する日に空港へ迎えに来て欲しい、と言われていた。しかし、その約束がまたヒドかった！

――アフリカ出発前日。

「じゃあまほ！ 1ヶ月後の○月○日に、そうやなー、大体、○時くらいかな？ アフリカから戻ってくるから、空港おっとってやー！ ほな！！」

それだけ残して、けんちゃんは旅立ってしまった。どこの空港かも、何の航空会社かも、詳しい時間も知らせずに。おいおい。

多分成田だろうということで、とりあえず空港に向かった。
向かったものの、成田空港はとても広い。国際線は外国人のスタッフばかりだった。英語だから聞けないしなぁ、それより一ヶ月も前の口約束をちゃんと覚えているんだろうか。うーん。

空港の到着ロビーでは、みんな大事な人との再会を喜んでいた。そんな中、途方に暮れてトボトボ歩いていると、何やら黒い物体が目にとびこんできた。背が高く、黒々と焦げた肌、どこかの部族の太鼓を抱えた姿は妙に勇ましい。そう、それはお察しの通り、すっかり現地人と化したけんちゃんだった。もはや彼は日本人の風貌（ふうぼう）ではなかった！

「お！ まほ！！！ ただいま！！！」

彼はいつも通りの最高の笑顔で、やたらと目立つ白い歯をニカッと輝かせた。よかった！！ 笑顔はいつものけんちゃんだ。歯白すぎだけど！ けんちゃんの笑顔が、一気に私をあの夏に戻してくれた。
急に日常ではないところに連れて行かれてしまった。また胸の奥がワクワク震えていた。あの不思議で最高の毎日がやってくる合図だった。

「けんちゃん！！　おかえり！！」
そして真っ黒なけんちゃんに、大きな大きなハグをした。

たまたまけんちゃんのバイト先が私のアパートの近くということもあって、帰国してからは2人で過ごす時間が多くなった。それからあまり時間が経たないうちに、私たちは付き合うことになった。
このけんちゃんとの日々が、私の人生を大きく変えることになる。
なぜなら、けんちゃんは想像していた以上に、かなーーり変わっていたのだ。

けんちゃんが教えてくれたこと

けんちゃんは実家暮らしだったこともあり、恵比寿の一人暮らしの私のアパートで、ほとんど一緒に住んでいた。そして気が付いたことは、彼の価値観は、私と、いや世間と、イイ意味でかなりズレているということだ。

まず、あまり“自分のもの”という概念がなかった。だから何でも人とシェアして分け合ってしまう。自分のバイト代さえも。

けんちゃんが短期のバイトで1週間ほどみっちり働いた時だ。けんちゃんはその時とてもお金がなくて、普通なら電車で行くような距離を、電車代を浮かせるべく私のミニチャリで通勤していた。お給料日になると、手渡しだったらしい10万前後入った茶色い封筒を、嬉しそうに見せてくれた。

「まほ！　みてや！　結構もらったで。なかなかしんどかったわー」
けんちゃんはごそごそと封筒の中身を確認すると、「ほな、半分こ！」と、目の前でお札を綺麗に半分に分けて私に渡した。

私はよく状況がわからなくて、目が点になった。
「え！？　なんで！？　けんちゃんが働いたお金やし、もらえんよ！」

電車代をケチる程、頑張って稼いだお金だ。もらえるわけがない。
しかし、けんちゃんもきょとんとした顔をしている。
「もらっときもらっときー！ まほもお金ないんやし、おんなじやんか」

といってけんちゃんは、ニカっと笑った。

他にも、携帯電話に同じ番号からやたらと着信があるときがあった。気になって聞いてみると、

「あー！ この人な、タイであったおっさんなんよ。このおっさん怪しくてな〜、もうジイさんなんやけどな。タイの安宿で、オーナーとモメとったんよ。おっさん長期滞在してたみたいなんやけど、お金払えんくなって追い出されそうになっとってな〜。あはははあほやろ〜！」

けんちゃんは、その怪しいおっさんが宿から追い出されるのを見かねて、結局宿代を全額肩代わりしてあげたのだった。そして当の本人は安宿に泊まるお金もなくなってしまい、野宿して過ごすことになったらしい。

「宿なくてさ、キャンプ道具も持ってなかったけん、寝れる場所ひたすら探すんよ。公園とかマックとか。夜のタイの街を歩き回ってさ」

「ほんとな、人間眠りたいときに安全な寝床がないって、これほど辛いことはないで〜。これは体験せな分からん」

と言いつつも、いつも笑っていた。
結局その怪しいおっさんは、実は倒産してしまった大きな会社の社長さんで、日本に帰ってきたのできちんとお礼がしたい、と言う電話だった。
なんてミラクル！！

「まほ、お金もご飯も物もな、分け合ったら本当は貧乏な人とかお腹が空いた人とかおらんくなるはずなんやで。人は分け合って生きていけばいいんや」

と言ったあと、ヘラヘラ笑う。だけど、けんちゃんの真っ直ぐな言葉は説得力

があった。そしてケチな私は、そんなけんちゃんの素晴らしいシェアの精神にドカリとのっかり、いつももらってばかりであった。

今を楽しむこと

その時私は専門学校生で、授業のこと、課題のこと就職のことで毎日頭がいっぱいだった。いつしか私の口癖は「忙しい！ 忙しい！」と、しがないサラリーマンのようになってしまっていた。そんな私に、けんちゃんはよくお弁当を作って学校の近くまで届けてくれた。

そんなある日、お弁当を持ってやって来るけんちゃんの様子が、なんだかおかしい。お弁当が大きすぎるのだ。よくよく見てみると、持っていたのはお弁当ではなく炊飯ジャーだった。しかも左手にはちゃっかり茶碗も。

「お〜！ まほ！ ごめんな〜！ 今日寝坊してしまったわ〜！ 白ご飯だけやけど堪忍（かんにん）な〜」

と言って、またニカっと笑う。いやいやけんちゃん！ 白ご飯どころかそれ炊飯ジャーだから！ まあ、そんなのけんちゃんには通用しない。

公園で炊飯ジャーから茶碗に白飯をよそう風景は、今までで体験したことのないシュールさだった。だけどその瞬間だけは、次の授業のこと、明日の課題のこと、山積みのしなければならないこと、そんなこと全部どうでも良くなってしまった。

また、けんちゃんはお金も時間も“ないない病”の私に、いつもぴったりなアイディアを教えてくれた。それは、お金がない時に限って、あえて二人のお財布をひっくり返して、手元にある**わずかなお金で「どれだけ贅沢できるか！」を考える遊び**だった。そのお金で買えるおいしい生ハムを探し回り、家にあった飲みかけの安いワインと、大好きな音楽をかける。
窓から入る風と夕日が最高に贅沢だった。

けんちゃんといれば、お金が“なく”ても、時間が“なく”ても、一緒に絶対に楽しい時間を過ごすことができた。

「この『瞬間』に、“忙しい”なんて本当はないんやで。本当はいつでも“今を楽しめる”んや」

“何も”持っていなくても、けんちゃんは本当の豊かさを知っていたんだと思う。それはちゃんと今を楽しむこと。それをけんちゃんは、全力でユーモアたっぷりに教えてくれた。

2011年3月11日

そしてついに、あの日がやってくる。それは東日本大震災。
その日は、新宿の電器屋さんでの派遣のアルバイトの初日だった。
私は一階のテレビコーナーにいた。ちょうどお客さんと話をしていた時、急にフロアがガタガタと揺れた。

「あら？ 地震かしら？？」
「ほんとだ……あ、……おさまったみたいですね…？」

そしてまたテレビの説明に戻ろうと向き直った時、
ガタガタガタガタガタ……ッ 今度はすごい縦揺れがした。

「きゃーーーーーーっ！！」
「危ないので動かないでください！！」

お客さんの悲鳴と店員さんたちの慌てる声。そして何より凄かったのが、社員さんが物凄(ものすご)い速さで大型高級テレビを押さえに走ったことだ。
プロである。

揺れはだいぶ長く続き、入り口がオープンな作りのそのフロアからは外の様子がよく見えた。悲鳴や叫び声。逃げて走る人、しゃがみ込む人。
ビルがぐにゃぐにゃと揺れている。
少しして揺れがおさまり、フロアも一旦落ち着いた。
さっき話していたお客さんが、深刻な顔をこちらへ向けた。

「私ね、この近くでネイルサロンを 経営してて、そこが10階なのよ。スタッフの子もいるし心配だから、とにかく見てくるわ」

「お姉さん、説明してくれたのに申し訳ないわ。ごめんなさいね！」
「はっはい！ お気をつけて！」
お客さんは丁寧にお辞儀をして、ヒールをカツカツいわせ走って行ってしまった。店内も、一階は無事だったようだけど、他のフロアで破損があったようで、お店を閉めるかどうかの話し合いがされていた。

「震度はどれくらいなんだろう？」
「結構揺れたぞ」
「震源どこなの？」

並んでいるテレビの全画面が地震のニュースだった。仕事そっちのけでみんな釘づけになっている。

震源は東北。震度はコロコロ変わっていく。普通ではない。
すると、テレビの画面が急に変わった。
テレビ画面をどす黒いグレーの渦が染めたのだ。

「なんだこれ!?」

最初見た時は私もこれが何か分からなかった。

「津波！？ 津波だ！！」

フロアが騒然となった。誰が東北出身だった、とか、実家に電話しないと、など急に緊迫した雰囲気になった。だけど携帯も使えない。電波が入らないのだ。すると、外で見ていた人たちが情報を求めて一気にフロアに入ってきた。フロアが途端に人でごった返した。

人の体温と沢山の声、そして人、人、人、人……。

「押さないでください！ すみません！ 店内は大変混雑しています！ 店内利用のお客様以外、入るのはやめてください！ これ以上混雑すると危ないので入るのはおやめください！」

店員さんの大声も全く届かない。
私たちスタッフも、立つ場所がなくなって商品を並べる段差に、やっと立っていた。段の上からは、テレビにかじりつくようにして見入っている沢山の人の様子がよく見える。不思議な光景だった。

——携帯が動かないんだけど ——これからどうやって帰ろうか ——お母さんに電話が繋がらないの ——津波の被害は？ ——震源東北なんだ ——電車とまったのかな～？ ——明日の仕事どうなるんだろう ——えー、どうなってんのー？

いろんな声が混ざる。不安と混乱と恐怖がうずまき、フロアは混沌としていた。

私は、何かテレビや映画を見ているように、どこかリアルじゃない感じがして、ただただ、そこに立っていた。頭が何も働かなかった。

フロアも落ち着き、段々といろんな状況が分かってきた。

震源は東北で津波の被害がすごいこと。
電車はとまっていて復旧の目途（めど）はまだついていないこと。
携帯も繋がらないこと。
非常事態だということ。

アルバイトスタッフに今日は帰っていいという連絡がまわってきた。
帰れない人はお店に残ってもいいらしい。

「まほちゃん、初日なのに大変だったね。電車が動くまでこれからみんなで飲みに行くけど、よかったら行かない？ 親睦会も含めてさ」
男性の派遣スタッフが声をかけてくれた。

派遣のスタッフは男性がダントツ多かった。そういえば久しぶりに女の子が入って嬉しいと言っていた。一人で残るのは心細いし。どうしよう。
スタッフの間でも、歩いて帰れる人、お店に残る人、居酒屋に行く人、それぞれ別れていった。私はどうしたらいいか、分からなかった。
「行こうよ。残ってもいつ電車が動くか分からないし、携帯も繋がらないよ」
彼の一言で、それもそうかと、居酒屋へ行く事に決めた。

けんちゃん、大丈夫かな？
今日は先輩と飲むって。吉祥寺にいるはず……。
ふと、けんちゃんのことも気になる。
でもけんちゃんのことだし、大丈夫か。携帯も繋がらないし……。

そのまま5人くらいで居酒屋へ行くことになった。
居酒屋は電車待ちの人でいっぱいで、たしか3軒目くらいでやっと入れた気がする。急に仕事が休みになった解放感と、非常事態による妙な高揚や、不安や疲れ、居酒屋はいろんなテンションが混じって奇妙な空気だった。
私たちも**いつも**と同じ様にお酒を頼み、いつ電車来るかなー、なんて話しながら、**いつも**と同じようにつまみをつまんだ。
何かとても違和感があった。
非常事態でも、案外普通なもんだなぁ。これでいいのかな？
みんな楽しそうだし、そんなに深く考えなくてもいいのかも。だけど、大きな地震だったはず……。

自分が今何を感じているのかよく分からなかった。
何を頼ればいいかも分からなかった。
何が正しいかも分からなかった。

その時、
ブブブブ……。
携帯のバイブ音が一斉に鳴りだした。

「おっ！　携帯が繋がるぞ！」

誰かの一言で、みんなが携帯を見る。
電話の着信、メールの受信、10件を超える履歴が一気に届いた。
そこで一通のメールが目についた。けんちゃんだ！

『新宿のまほのバイト先の東口の入り口で待ってる』

急いで打ったであろう文面だった。電波はすぐ繋がらなくなったはずだから、地震が起きて本当にすぐ送ったみたいだった。
送られてきてからすでに3時間以上経っている。
私はハッと我に返った。

「すみません！ 私行きます。これ、お金！」
３千円だけテーブルに置いて、急いで居酒屋を出た。

3時間前だ。けんちゃんいるかな……！ 余震も少しあったし、大丈夫かな？

とにかく走った。
お酒が回って少しフラフラする。お酒なんか飲まなきゃよかった。

新宿のバイト先の電気屋の前は大きな交差点になっていて人が沢山いた。みんな電車がなくて、行き場がないのだろう。人混みをかき分け、メールで書いてあった場所まで走る。

3時間も前じゃさすがにどこか移動してるかも……！

交差点の向こうがその東口前だった。キョロキョロしながら人混みの中を探してみる。するとそこに、背の高い男の子が立っていた。右手にはスケボーを持って、左手には重そうな袋。

それはけんちゃんだった。
3時間前の指定の場所に、そのまんま、彼はいた。

「おーーい！ まほ！ まほー！！」

すぐに私を見つけ、けんちゃんが大きく手を振る。
けんちゃんの顔を見ると急に安心した。

「けんちゃん……！ ずっと、ずっとそこにいたの！？」
交差点から一気に走って駆け寄った。

「よかった！ よかったまほ！ もう会われへんかと思った！ ずっとおったで。まほはどこにおったん？」
一瞬声が詰まる。なんでだろう。

「バイト先のスタッフのみんなで居酒屋に行くってなったから、電車が復旧するまで居酒屋にいたんよ！」
――少しの沈黙。
けんちゃんが真っ直ぐ私を見ていた。けんちゃんの目はすごく――、キレイで――、その目には頼りない私が映っている。

「……まほ。まほは、携帯がないと何もできんのか？」
けんちゃんが、静かに言った。

まほは携帯がないと何もできんのか？ けんちゃんの言葉が何度も響く。
……お酒のせいか、走ったせいか、耳の奥で心臓の音がバクバクきこえる。

「――まほ、人間力をつけなダメや。**自分で感じて行動するんや。携帯とか情報じゃなくて、自分で判断するんや**」

目の奥が、胸の奥が、熱かった。本当に熱かった。息が、できなかった。
交差点の車の音、人の声、混乱した空気、グチャグチャのその街の真ん中で、けんちゃんと私は真っ直ぐ向かい合っていた。

にぎった手

地震があった時、けんちゃんは吉祥寺行きの電車に乗っていたらしい。
先輩の家で宅飲みをするため、沢山のお酒と、いつものトレードマークのスケボーを抱えていた。
そして電車がホームに着いたとき、最初の揺れが起こった。
その時地震の衝撃でドアが開きっぱなしになってしまったらしい。

他の乗客が電車が動くのを待っている中、事態の深刻さを感じたけんちゃんは、すぐドアから飛び降りた。余震が危ないのでスケボーをかつぎ、お酒の入った袋も持って、迷わず吉祥寺から私のバイト先の新宿まで、10キロ以上ある道のりを走ったのだ。

それから、連絡もとれない、電車もいつ復旧するか分からない中、同じ場所で3時間も待ってくれていたのだ。

「1番怖いのは、まほと会えんくなることやと思って。電車も当分動かんやろうし、ここで会えんとバラバラになると思ったんよ」

「でも携帯も止まってたんだよ。会えなかったらどうしたの？」

「待っとけばいつか来るやろう！ あはは」
けんちゃんは笑いながら、お酒の選別をしている。ソーダやジュース類だけ残し、あとのアルコール類はおいていくようだった。

「これから買えんくなるかもしれんからな。飲めるのだけは持ってた方がよさそうや。ほらまほ！ これはまほが持って、ここに座る！」

そう言うと、けんちゃんはスケボーを指差した。

私はスケボーに座らされ、ジュースの入った袋を足ではさんで落ちないように固定する。

「ほな、行くで！」

けんちゃんから出された右手を私も強く握った。まるで犬の散歩みたいに、スケボーに座った私の手を引っ張って進んでいく。ガラガラと大きな音を立て、スケボーに乗った女の子が手を引かれて進む姿は、なかなか面白いようだった。

けんちゃんは歩いている人たちに笑われたり写メを撮られたりしながら、「どうもどうも～！」なんて調子に乗っている。そんないつものけんちゃんの様子に、少し安心した。
東京の街の空は、気味の悪い色をしていた。夜なのに、赤みがかかり、なかなか暗くならない。ほこりっぽくて、見たこともない、本当に不気味な空だった。

そしてぞろぞろと、みんな歩いている。たくさんの人だけど、秩序だけは保ちながら、疲れていて、これからどうなるのか分からなくて、不安の重たい色の中をとにかくみんな歩いている。

戦争の時ってこんな感じだったのかな？

そんなことを思ってしまうような、異様な光景だった。
そんな中、けんちゃんは前だけ向いて、私の手をひっぱりながらぐんぐん進んでいく。

――私は、いつ来るかもわからない人をずっと信じて待てるだろうか？ 携帯も何もないなか。――電車が止まった時、けんちゃんはどうして迷いもなく走ってこれたんだろう。お酒の袋もかなり重かったはず。

とにかく線路をたどり、汗をかきながら迷いなくひたすら走るけんちゃんが目に浮かんだ。

本当って、正しいって、なに？

新宿の街は、車も大渋滞で全然動いておらず、物凄い列ができていた。普段は歩かないような距離を帰る親子。ヒールの女の人は足が痛々しい。スタッフのためという理由で、外資系のファーストフード店はすぐ店を閉めていた。

毛布をくばってラウンジを解放しているホテル。スタッフの計らいで、ホットコーヒーを無料提供しているチェーン店のカフェ。

「お店の子が心配」と、10階のお店に走って戻ったバイト先のお客さん。
一目散に高級大型テレビをおさえに行った電気屋の店員さん。
居酒屋で電車を待っていた、私。

一体何が正しいのだろう？
一体何を信じればいいんだろう？

いつも正確に来る電車は少しの事故でも大幅にズレる。
緊急事態だと全く動かなくなった。

きちんとした背広のサラリーマンたちの、今日は飲むぞー！ という笑い声。
電車から飛び降りて、会えるかも分からない私を迷いなく待っていてくれたけんちゃん。
生暖(なまあたた)かい、心地の悪い風が体をなでる。私はけんちゃんの広い大きな背中を見ていた。かたく繋いだ手は汗ばんでいる。

けんちゃんは何も持っていなかった。お金もないし肩書きもない。
あのサラリーマンのように、信頼できるキャリアもない。
だけど、けんちゃんはけんちゃんだった。どんな時でも、何者にもなろうともしてなかった。

――じゃあ、私は？

けんちゃんの言葉がこだまする。
『まほ、人間力をつけなダメや。自分で感じて行動するんや。携帯とか情報じゃなくて、自分で判断するんや』 けんちゃんの目に映った頼りない私。

――私は一体、なんなんだろう？

けんちゃんの引くスケボーは、ガラガラと音を立て私を乗せて坂を下っていく。

今、分かるのは、このかたく繋いだ暖かいけんちゃんの手と、安心している私の気持ち。これだけは本当だということ。これだけは信じられるということ。それ以外、よく分からなかった。

坂を下ると、けんちゃんの背中の向こうに、やっと見慣れた恵比寿のボロアパートが見えてきた。

けんちゃんの背中

家の中はもっとグチャグチャになっているかと思った。
でも、倒れたものといえば、シャンプーくらいだった。
「なんだ。こっちは全然やったんやな」

二人でホッとした。
家に帰った途端、自分がとても疲れていることに気付く。
けんちゃんなんて、もっとだろう。
新宿から恵比寿の家まで3時間以上かかっていた。

お布団をひいて、寝巻きに着替えた。テレビは地震のニュースだらけで、同じ情報が何度も繰り返し流れていた。今日はもうやめようと、少し見て、テレビの電源を切った。

もういますぐ眠ってしまいたい。とにかく早く明日になって欲しかった。ひどい眠気と、重くてにぶい体を布団にもぐりこませた。

「疲れたやろ。しっかり寝るんやで。ここは安全みたいやしな」
けんちゃんがお布団をかけてくれる。

「まほ、ごめんな。俺は寝らんで行ってくるわ。外には寝床のない人いっぱいおるやろうし。なんか俺ができること、とりあえずやってくるわ」

「えっ……！」

けんちゃんはお布団にも入らず、汗だくになったTシャツだけ着替え始めた。もうクタクタなはずなのに！

危ないとか、余震が来たらどうするのとか、私がなにを言っても、

「まあまあ、絶対帰ってくるから。まほは寝とくんやで。何かあったら連絡するから」と、いつものように笑っていた。

前、けんちゃんが話してくれた、タイで野宿した話を思い出した。
眠たいのに安全な寝床がないのが一番辛いって。
とんでもなく疲れているはずなのに、けんちゃんの背中はいつも通り大きくてただシンプルだった。私は、真っ直ぐなその背中を、またじっと見つめるしかなかった。ドアの閉まる音とともに、けんちゃんは、再び外へ出て行った。
部屋は急に静まり返る。

今日の出来事は、作り話のような、SF映画のような、現実味のないものに感じられた。実際に、こんなことが起こったのだろうか？ 目が覚めたら、いつもの普通の毎日がきたりして……。

一日の出来事がゆっくりリピートしていく。もう考えたくない。でもぐるぐるとまわっていた。電器屋さんで見た、テレビ一面のグレーの津波の映像がフラッシュバックする。

——**もし私が、今日死んじゃったら。——後悔しかない。**

なんで？ なんでそう思うんだろう。

もっと、今を楽しめばよかった、って、思う。
もっと、自分が思う様に、生きても良かったのに。
いつも何か追いかけてばかり。

あれ？ 私は一体なにを追いかけてたんだっけ？

なにから、認められたかったんだろう……？
私、このままでいいの？

………。
………。

津波。酔ったサラリーマン。動かない電車。すぐ閉まった大手のファーストフード店。家路をいそぐ人。今日のお客さん。ずっと待っていてくれたけんちゃん。強くにぎった手。

なにが正しい？

ぐるぐるぐるぐる、大きく渦を巻くように、いろんなものが飲み込まれていく。目がまわる。体が布団の底へと沈んでいった。

私はもう何者にもなりたくなかった。
私は、わたしになりたかった。

目を閉じると、真っ直ぐなけんちゃんの背中だけが見えた。

第3話

“ ワクワクで生きる ”

「……申し訳ございません！ 辞退させて下さい！！」

深く頭を下げた。足は、小刻みに震えている。
緊張と不安で胃がキリキリした。

――うん。これでいいんだ。

震える身体とは別に、心はしっかりしていた。
この日、私は自分の人生で大きな決断をした。決まっていた就職の面接を辞退したのだ。それは7年間追いかけてきて、そして自分の全てだった“デザイナーになる”という夢を捨てた日だった。

そして、**“自分を生きる”と決意した日**だった。
もう3．11から半年が経っていた。

あの日から、

『まほ、人間力をつけなダメや。自分で感じて行動するんや。
携帯とか情報じゃなくて、自分で判断するんや』

地震の直後のゴッチャの新宿駅。
まっすぐ向き合ったけんちゃんの言葉が忘れられない。

――あれ？ 何が正しかったっけ？
――えっと、わたし、何に認められたくて頑張ってた？

3．11を境に、自分の何かが揺らいだ。
今まで持っていた価値観が、グラグラと崩れ始めていた。

ずっと目標を追いかけて、何かに認められたくて生きていた私。
デザイナーになるのも、洋服が好きなのも、全部間違いなく、自分で選んだはずだった。

だけど、だけど、気付いてしまった。

——今人生が終わったら、本当に後悔する。

私は、今の自分の人生が好きじゃなかったんだ。

生きたい人生ってなんだろう?

それからは葛藤の日々だった。今年は2年通った学校も卒業の年。
もちろんそのあとは就職が待っている。
周りの友達はどんどん就職が決まっていた。

だけど、私は“デザイナー”で生きていくことに違和感しかなかった。
“デザイナー”どころか、もう、前の生き方に戻るのが嫌だった。

でも反対に、この違和感を認めたくない。
今まで持っていたものを手放したくない。
そんな真逆な自分との戦いが繰り広げられていた。

そして私は、せっかく決意して面接を辞退したのにもかかわらず、
また次の目標を探し始めていた。
今度は“デザイナー”以外の職種を探し回り、
大学も見に行くことにした。

大学で学び直せばいい。
資格を取ればまた何か見つかるかもしれない。
そうだ! 肩書があったほうがなにかと便利だし!

とにかくまた目標を探さないと! 頑張らないと!!

私は“今まで通りの生き方”と、“新しい生き方”を選ぶ狭間にいたのだと思う。
振り子のように決意はブレ、また決意し直し、またブレてを繰り返していた。
そして大学見学の帰り、私はプツンと何かが切れたように、駅のすみっこで

立てなくなってしまったのだ。

本当の本音

ヒドイ頭痛と吐き気と涙で、下を向いた顔はもうぐちゃぐちゃだった。あまりの痛みに、私は小さくうずくまった。意識が朦朧（もうろう）とする。本音から逃げる言い訳を、探してばかりだった頭が、急に真っ白になった。
もう自分に嘘はつけなかった。

——わたしの生きたい人生って？

その時、人生で一番楽しかった時が思い浮かんだ。
それは子供の頃、双子のなっちゃんと毎日一緒にいた日々だった。
子供の頃は最強だった。
今日が楽しくてたまらなくて、明日も楽しみでたまらなくて——。

フラッシュバックするように、
どこかに押し込めていた記憶が次から次へと、とめどなく浮かんでくる。

毎日がキラキラしていた。
人も世界も全部、繋がっていた。
私の世界は、いつもカラフルで、
なっちゃんといた日々は絵本から飛び出したように、

——そう、ワクワクしていた。

そのとき、あれほどヒドかった頭痛がピタリと止まったことに気付いた。
急に力が抜け、何だか身体も軽くなった気がした。小さい頃、楽しくて何一つ悩みなんてなかった、あの懐かしい感じに包まれていた。

そして顔を上げたとき、本屋が目に飛び込んできた。
正確には本屋ではない。駅に面した本屋の棚に沢山の本が並べられ、その中のたった1冊の絵本の背表紙だけが目に飛び込んで来たのだ。

しかもその青いカバーの1冊の絵本は、本当に光って見えた。
吸い込まれるようにその絵本を手に取ると、そこに書いていたのは……、

ワクワクして生きなさい。

という言葉だった。
そしてその言葉に、身体中の血が巡って行くのを感じた。
耳が熱くなって、お腹から何かが込み上げてくる。

そう、これだ！！

もう私は何者にもなりたくなかった。
肩書も資格も、そんなものいらない。
もう、"自分で生きたい"。

ワクワクした自分の人生を、歩きたいんだ！

それはすごい衝撃だった。
頭から雷が落ちたような、そんな感覚が身体を突き抜けた。

ワクワクした人生なんて、送ってはいけないと思っていた。
もっともっと頑張らないと！　目標を立てないと！
自分の中の誰かが、いつも言っていた。

でも、答えは絶対にこれだった。頭では何も考えられなかった。

身体が、心が、"これなんだ！"と全身全霊で反応していた。

ノートいっぱいの答え

そのまま急いで恵比寿のボロアパートまで帰る。
どうやって帰ったかはもう分からない。

振りまくった炭酸がはじけたように、身体中がスパークして、ワクワクがとまらなかった。家に帰ると、書きかけのノートをひっぱりだし、床に突っ伏したまま、とにかくワクワクする事を書きなぐった。

――本当に、自由に、自分が生きたい人生を選んでいいとしたら。

自分が「いつか」や「もし」を使って考えていた人生を、片っ端から書きだす。
ノートはみるみるうちに真っ黒く埋まっていく。
字なんてもう汚くて読めない。だけど、思いと熱量がこもっていた。
そこには、「非現実」と言われるような言葉ばかり並ぶ。
学校の先生や、両親に見せたら「何考えているの！　現実を見なさい！」と、怒られるものばかりだった。

でも、止まらなかった。もう頭で考えるのはやめた。
そしてすべて書き終わると、一呼吸おいて、びっしりと自分のワクワクが並べられたノートを広げた。そしてそこに赤ペンで、思いっきりグルっと丸をした。

満点の夜空で流れ星を見つけるように、
一番ワクワクする、とびっきりの“人生”を見つけたんだ。

“なっちゃんと一緒に、旅をしながらワクワクして生きる！”
それが**私の生きたい人生**だった。

頭で考えたら現実味もないし、普通に考えたらとんでもない答えだ。数時間前なんて、自分の人生にそんな選択肢、ありもしなかった。でも、私は本気だった。

だって、人生で一番ワクワクしていたから。
ここまで！と思って疑わなかった私の世界が突如、
大きく開いたような気がした。

お前この会社が最後の会社になるな

その時の私は、福岡でパッケージを作る会社のデザインの部署で働いて
1年半が経とうとしていた。

いつか有名なアートディレクターになってやる！！！
そんな夢や期待や野心を抱いて、ワクワクしながらこの会社に入ったのだ。
だけど、1年半経った今、私は憂鬱な毎日を送っていた。

会社のルールという名の、時間ばかりかかる意味のない書類の山。
社長の前じゃガラリと態度を変える大人たち。
速く！ とりあえず売れそうなもの！ で進んで行く仕事。
そして評価されるのは、笑顔でうまくお世辞が言える人たちだった。

あれ？ 私のいた世界ってこんなところだったっけ。
こんなに楽しくなかったっけ。
何が正しくて、なにが良しとされるんだ。

――今まで私が大切にしてきたことってこんなことだったっけ。

“何かが足りない” その感覚が1年半ずっとこびりついていた。
そして昨日、先輩から言われた言葉。

「おまえはこの会社が最後の会社になるな」

「え？　最後の会社？　どうゆうことですか？」
「だって、おまえはもう24だろ？ 今の彼氏とも1、2年で結婚するだろ？」
「う〜ん。分かんないですけど」

「まぁ、どっちにしても結婚して、子どもが出来て、育休取って子育てして、あの先輩みたいにパートで職場復帰して、そうなったらもう普通、転職でとってくれるところなんてないだろ。ここが最後の会社だよ」

私はぞっとした。

――え、私の人生そんな感じ？ この世界がずっと続くってこと？

「まぁ、普通そんなもんだろ」

先輩はあくびをしながら眠そうに前を向いたままそう言い放つ。

打ち合わせ終わりの、車の中だった。
外はもう暗くなっていて、慣れた田舎道とはいえ街灯が少なくて危ない。
運転は後輩の私がしていた。
暗がりの中、座席横に乗った先輩の、表情のないその横顔をそっと見る。

どういう思いで先輩は言ったのだろう。
きっと無意味な、ただの世間話だったのだろう。

でも、私の心臓はバクバク音を立てていた。

「この会社が最後だな」
「まぁ、普通そんなもんだろ」

先輩の言葉が何かの呪文のように耳に残る。

――本当のことかもしれない。
いや、このままの人生だと、普通に考えて私はそうなるのだろう。

ぞっとした。

でも「そうなるのかもしれない」と思った自分に一番ぞっとした。

この会社に残って、結婚して、子どもを産んで、育てて、パートで働いて、いつかまた正社員になって、キャリアを積んで、今のこの、退屈な世界がずっと続いて行くんだ。

――あれ？ 私の幸せってこれだったっけ？

それって楽しいのかな？ これが普通なのかな？
これに慣れなきゃいけないのかな？

仕事終わりの疲れた体に、先輩から言われた呪文がうるさくループする。私の運転する車は、先の見えない夜の道をぐんぐん進んでいった。

何かが足りない、は何が足りない？

毎日仕事はある。
嫌なことだけじゃない、仕事で楽しいことも少しはある。
なんとなく仲間もいる。
とりあえず売れそう！ なものを喜んでくれる人もいる。
愛想笑いも覚えた。
金曜日と土曜日は毎日飲みに出掛けた。
そして気付けばすぐ月曜日が来る。

また1週間が過ぎたんだ。
そう思う日が何度も何度も、来ては過ぎ去っていった。

時間が過ぎるのがとても早く感じる。だけど何をしてたかはよく覚えていない。違和感や何か足りない感じを心の隅に隠したまま、毎日がただ終わっていく。

“何かが足りない”
その思いだけはいつも離れなかった。
でも何が足りないのか分からない。どうすればいいのかもわからない。

このループからどうにか抜け出したい。
“足りない何か”を埋めたい。

私は気がつけば、異業種交流会や色々なセミナーに通うようになっていた。
自己啓発本もたくさん読みあさった。

壇(だん)上に立つ成功者と言われるキラキラした人に会って、
私のように何かを探して頑張っている仲間が出来て、
実践できるか分からない知識が増えていった。

周りの友だちからも「お前は本当にポテンシャル高いな〜」なんて言われるようになった。なんだか“頑張っている自分”が心地いい。

だけど、それも最初のうちだけですぐに“何かが足りない”が顔を出した。

双子のまあちゃんからの人生を変えた提案

そう、その日はとても星のキレイな夜だった。
車で会社から帰る途中にいつもの本屋に立ち寄る。
田舎ならではの、ただっ広い駐車場のある本屋からは、星空がよく見える。

「キレイやなあ」

思わず自分の口から出た言葉に、少し懐かしさを感じてしまう。
星空をみて「キレイ」と思ったのはどのくらいぶりだろう。

心なしか今日は、いつもより星空がとてもキレイに見えた。

私は、ただっ広い駐車場の真ん中に車を停めて、フロントガラス越しの夜空をぼーっと眺めていた。
自己啓発本を読み出してから、会社帰りに本屋に立ち寄るのが私の日課になっていた。

だけど、今日は新しい本を買う気がしない。
本屋に併設しているカフェで「今日学んだ事」をノートに書き記す気力もない。
自己啓発本も異業種交流会も、本当は何か違うとどこかで気付いていた。

車の中で、ただ星を眺める。星も月も、小さいころと何も変わらずキレイに輝いている。そういえば、星を見るのが大好きだったんだ。

双子のまぁちゃんと、布団に入ってからも、二人だけの夜空の下でいろんな話をした。なかなか寝ないから、いつも両親に怒られてたなぁ。
二人で思い描いた星空は、私たちにとって、とても特別で懐かしかった。

胸があったかいものでいっぱいになる。
東京にいるまぁちゃんは元気だろうか。
夜空の下の車の中では、久しぶりのゆっくりとした時間が流れていた。

「今日は本当に星空がキレイ……」

ブブブッ……。

その時、ジュースホルダーに置いていた携帯がガチガチぶつかりながら合図した。

まぁちゃんからの着信だ！

以前は毎日かけていた電話も、福岡と東京で離れてしまってからは、ほとんどかけなくなっていた。
あんなに仲が良かったのに、忙しさに追われて連絡しなくなる日が来るなんて、子供の頃は考えもしなかった。

ちょうどまぁちゃんを思い出していたところに電話が来るなんて！
久しぶりの電話に嬉しさでドキドキしながら、すぐに電話をとる。

「もしもし！！！ なっちゃん！！！！！！！！！！」

受話器から聞こえたのは、興奮気味に弾けるようなまぁちゃんの声だった。

ねぇ、あの頃の夢、まだ覚えてる？

「まぁちゃん！！ 何かあったん！？
今私も、ちょうどまぁちゃんのこと考えてた！」

何だかとてもいいものを運んで来てくれた、
まぁちゃんの声を聞いてそんな気がした。

感動で震えている。そんな感じが電話越しから伝わってきた。私は何だか胸が高鳴った。普通の電話じゃないことを感じていた。満点の星空の下。そんなシチュエーションもなんだかぴったりだった。そして第一声は、予想もしなかったこんな一言だった。

「あのね、なっちゃん。最近ワクワクしてる？」

――え……！

私は一瞬時間が止まったように感じた。胸がドクンと鳴る。
まぁちゃんは、私の返事も聞かず続けた。
そしてまぁちゃんは提案をしたんだ。それはこれから私たちの人生を大きく変える、いや、人生を本当の道へ戻す言葉となった。

「大人になってもずっとワクワクして生きていいっていったら、どうする？」

この時、小さい頃のまぁちゃんと毎日ワクワクしてた日々が
映像、匂い、感覚で身体の奥から湧き出て来た。

毎日がキラキラしていた。
あの頃、今日誰に会うか、何をするか、いつもワクワクしていた。
布団に入ってからもいつまでも2人で話をした。満点の星空を見ながら。

そう、私たちは大人になっても、こんな日が続くと思っていた。
ただ、毎日ワクワクして生きていきたかっただけだったんだ。

私がずっと足りないと思っていたのは
この"ワクワク"だったんだ……!

頭の中の、閉じていた扉がパカーンと開け放たれたみたいに、私の視界が開けてきた。色んな感覚が一瞬で蘇(よみがえ)った。

「まぁちゃん!!!!! そう!! それ!!! 私がずっと探してたこと!!!!」

身体中にあの懐かしい「ワクワク」した感覚が広がって、私は気付けば大号泣していた。

会社に入って一年半頑張ったけれど、違和感ばかりが大きくなること。
そんな自分をどうにかしたくて自己啓発やセミナーにたくさん通ったこと。
肩肘張って積み上げげたプライドも、キャリアも、自分の足りない何かを埋められなかったこと。

受話器の向こうでウンウン頷きながらまぁちゃんは聞いていた。
2人ともいっぱい泣いた。気持ちはずっと同じだった。

「人生なんて自由なのに、誰があの頃みたいにワクワクして生きちゃダメって決めたんやろう? そんなの自分で選べばいいんよね」

涙でぐずぐずのまぁちゃんが言う。

「ねぇなっちゃん。もう一回あの頃みたいに一緒にワクワクして生きてみない?」

まぁちゃんの提案に私はすぐ大きく返事をした。
もう一回あの頃みたいに一緒にワクワクして生きてみない?
震えるくらいワクワクする言葉だった。

うん。うん。うん。

何度も頷く。涙が止まらない。
それは小さい頃からの二人の夢だった。
でも、ずっと、そういう風に生きてはダメだと思っていた。

満天の星空の下で、福岡と東京をつなぐその電話は、
私たちの、本当に生きたい人生を思い出させてくれた。

一緒にワクワクして生きる。ただそれだけだったんだ。

この3日後、私は辞表を提出した。
先の事は何にも決まっていない。
ただ「ワクワク」して生きることだけが決まっていた。

EARTH GYPSY
CHAPTER
1
NAHO & MAHO
第4話
“アルケミスト”

はじまりのはじまり

そこから一気に、私の人生が不思議な流れで動き出す。
卒業1か月を控え、全く接点のない3人の友人から、同じ本を、同じセリフで薦められるのだ。

「人生を変える、不思議な本がある」

そしてその本は、卒業式の日に私の手元にやってきた。
まさかそのとき、その本が、私の人生を本当に変えるとは思ってもみなかった。私の人生は、展開の読めない不思議なジェットコースターに乗ってしまったのだ。でも最高にワクワクする。

離れる道

「けんちゃん、私もう就職しないことにした」
「そっか。いいと思うで！　じゃあ卒業したら何するん？」

携帯から聞こえる声は、電波が悪くて少し聞き取りにくい。
卒業を目前にしたその頃、けんちゃんと私はアフリカと日本の遠距離恋愛になっていた。もちろんけんちゃんがアフリカだ。

震災のあと、けんちゃんは福島へボランティアに行ったり、自転車ひとつで全国の農家さんを訪ねていた。“農業”や“自然”など、けんちゃんは生きたいライフスタイルを着々と見つけていた。そしてついに、ずっと夢だったアフリカでの国際協力に関われることになったのだ。期間は2年間。

1年半も一緒にいて、こんなに離れるのは初めてのことだった。

でも、前の私なら不安ばっかりなのに、“自分の人生”に進むと決めてから、けんちゃんと離れることに、さほど不安はなかった。

「えっとね、海外に旅にでようと思う！」

私はというと、きちんとした未来はまだ何も決まっていない。
就職を蹴って“自分の人生”を歩く決断をしてからは、とにかく“ワクワクすること”だけを選んでいた。

「いつかはなっちゃんと旅したいと思って！ まだ、なっちゃんは仕事してて無理だから、だから、まずは一人で行ってみる！」

「そっか。気いつけてな！ まほ、ほんま一人で大丈夫か～？」
けんちゃんの相変わらずの笑い声が聞こえる。

その時は気付かなかったけど、けんちゃんはアフリカにいるのに、私が電話をかけるとすぐに出てくれた。けんちゃんが電話をとれない、ということは一度もなかった。私が寂しい思いをしないようにと、アフリカでの農作業中も、いつもポケットに携帯を入れてくれていたらしい。けんちゃんは心底優しかった。

「じゃあアフリカが目的地やな！ 待ってるで！ ウユニ塩湖とか、絶景は二人で見たいから行かんとってな！！ 約束やで」

「う、うん！」

けんちゃんにそう言われても、いつもうまく返事ができなかった。私は、アフリカに行きたいんだろうか？ また、この旅も彼に会うという“目的”を決めて出発するんだろうか？

――何のために旅に出るんだろう。

けんちゃんが帰国する2年後も、ましてや1年後、あと数ヶ月の卒業後でさえ、どうなっているのか、よくわからなかった。

いつも“2人”のことを考えてくれるけんちゃんと、自分の新しく始まった人生に精一杯な私は、何かが少しズレてきていた。

自分の未来もうまく描けない私が、どうやって“2人”の未来を描くのかなんて、さっぱり分からない。けんちゃんが大好きな一方で、2人の道が少しずつ離れていくのを感じていた。

――でも、まあなんとかなる。いつもなんとかなって一緒にいたんだから。そう、自分に言い聞かせる。私の人生は進んでいく。

不思議な本

「あのね、まほに読んで欲しい本があるんよ」
――ま、またきた！！！

デジャブのようなこの光景、この1ヶ月でその本を薦められたのは、もう3度目だった。卒業を1ヶ月後に控えた、“ワクワクすることしかしない”と就職を蹴ったその日、大阪のデザイナー時代の同期から、突然ある本を薦められたのだ。更にその1週間後、今度は高校の時の同級生から。そして今日、その言葉を私に放ったのは、同じクラスのあべちゃんだった。

3人が薦めてくれたのは、『アルケミスト』という1冊の小説だった。

同じ本を、同じようなセリフで薦められる、という偶然。
「人生が変わる本がある」そんな言葉と、本人たちの人生の転機のエピソードが必ずついてくるのだった。

学校の近くの居酒屋で、私たちは向かい合っていた。
同郷の九州出身のあべちゃんは、私より少し年上。
スッピンの素肌に黒髪のショートカットは、芯があって柔らかい印象の彼女に、とても似合っている。彼女もまた、その『アルケミスト』という本に出会ったエピソードを、ゆっくり話し始めた。

「私さ、その頃関西で働いてて。仕事を辞めて、この歳でまた学校に行くって決めるの、すごい勇気だったの。そしたら仕事を辞める時、職場の人が、

『これ、あなたの本だから』って急にくれたのが『アルケミスト』だったの。関西から東京行きの夜行バスでずーっと読んでて、荷物なんてすごい少なくてさ、リュックひとつとその本くらい。それだけで東京に来たんだよ。ビックリだよね」そう言って、あべちゃんは笑った。

居酒屋の薄暗い照明と重なって、そのときの情景がありありと思い浮かぶ。その時あべちゃんは、不安もあっただろうけど、どこかワクワクしてたんじゃないだろうか。関西からの夜行バスの窓からは、見知らぬ景色が過ぎていく。リュックひとつとたった1冊の本、狭いバスの椅子にもたれながら、ただ本を読み進めていくあべちゃん。

それは、なんだか今の自分と重なるところがあった。

繋がるサイン

勘定を済ませ居酒屋を出ると、もう空は薄暗く星もぽつぽつと出ていた。あべちゃんと別れ、家まで一人で歩く。この1ヶ月間に起こっている不思議な偶然は何なんだろう？

この奇妙な偶然を忘れないようにと、携帯のメモ機能を開く。すると1年前のメモが残っているのに気が付いた。開いてみると、そこには“アルケミスト”と“由紀夫”の文字。

――え？？ なんで！？

よく見てみると、日付は、由紀夫とけんちゃんと偶然出逢ったあの日になっていた。そうだ、あのときみんなで歩いた家までの道のりで、由紀夫が読んで欲しいって急に本を紹介してくれたんだ。忘れないようにメモしたのに、すっかり忘れていた。

――あれも『アルケミスト』だったんだ.....！

由紀夫やけんちゃんとの不思議な出会い。今日のあべちゃんの話。

三人から、ほぼ同時に紹介された本。“アルケミスト”というキーワードがサインのように感じた。何かが繋がっていくような、言葉に出来ない不思議な感覚が頭を巡っていった。

そして**『アルケミスト』は、数日後の卒業の日に、あべちゃんから私の手元にやってきた。**大事に読まれて少し表紙が古くなったその本は、新品の本をもらうより、もっと特別で大切な意味がある気がした。

新しい友人

ブブブブ……。
１通のメールの音で目が覚める。メールはある“メルマガ”からだった。

昨日の卒業式から帰って、私が1番にしたことは、あべちゃんからもらった、“アルケミスト”を読むことだった。一度読みだすと物語の世界から出られなくなり、ろくに夕飯も食べず最後まで読みすすめた。読み終わったのは、たしか深夜2時過ぎ。そのまま眠ってしまったようだ。そしてこの“メルマガ”が目覚しとなったのだ。

「あ！ まさくんだ！」急いで携帯を見る。
人生で初めて登録したそのメルマガは、私にとって少し特別だった。
私と歳の近い“まさくん”という宮城県の男の子が書いていた。

少し前に、旅で行きたい国を探していたとき、たまたま“まさくん”のブログに辿り着いたのだ。

彼の生き方も、とても変わっていた。

路上で書道の書きおろしをしたり、砂漠に木を植える活動をしていた。彼が書くそのメルマガからは、新しい生き方を一生懸命模索して進んでいる彼の様子が伝わってくる。

就職を蹴って色々悩んだり、葛藤したりしていた自分と重なって、とても励みになっていた。

しかし、その朝のメルマガはいつもの明るい感じとは少し違っていた。
そこには珍しく、辛く苦しい文章が続いていたのだ。

彼は3日前から、宮城から出てきて東京で活動しているようだった。

自分を試すために東京に来たけど、なかなか結果が出ないこと。
そして資金的に底をついてしまったことが綴(つづ)られていた。

そして、その後の文に目を疑った。

自分を励ますため今、この本を読んでいます。

そう書かれた文。その続きには、
なんと、『アルケミスト』の文字があったのだ！
こんなことがあるのだろうか？ 偶然にしては出来すぎている。

心臓がばくばくと音を立てる。
つい何時間前に読み終わったばかりの本。
いつも携帯の画面越しに私を助けてくれたまさくんを、急に近くに感じた。

まさくんは原宿にいると書いていた。
自宅の恵比寿からは電車で2駅、たった5分だ。
こんなに近いのに、さっきまで“会いに行こう”なんて発想は、これっぽっちもなかった。でも、重なりすぎるその偶然に、思い切り背中を、ポーン、と押された気がした。

――よし、会いに行こう。

いつも私が励ましてもらっているんだ。今度は私の番だ。
アルケミストをカバンに放り込み、さっきまで寝ていた身体を起こし、
急いで外に出た。

第5話

“人生を変えた1つの質問”

VE
FE

前兆に従ってゆきなさい

かけ足で山手線の原宿駅の改札をぬけると、原宿の街は忙しそうなOLさんや早足のサラリーマン、学生たちで混雑している。

うぅ……寒い。
えっと……何しにきたんだっけ。

勢いで家を飛び出しここまで来てしまったけれど、寒さで冷静になると急に不安になってきた。

それより、まさくんって原宿のどこにいるんだろう……。
そういえば、連絡先も知らないんだ。
いきなり会いたいなんて、迷惑じゃないだろうか……。
“会わない方がいい”まっとうな理由が、つぎつぎと浮かんでくる。

一体、私は何をやっているんだろう……。

ただ本を読み終わった勢いでここまできてしまった自分が、小さくて幼くて、だんだん恥ずかしくさえ感じてきた。

そのとき、ふと『アルケミスト』の一節がよぎった。

「前兆に従ってゆきなさい」

その物語の中で、主人公の羊飼いの少年は、何度も何度も、その“前兆”という言葉を聞かされるのだ。少年は立ちはだかるたくさんの試練にも、その“前兆”を信じて行動し続ける。すると、必ずその先には答えがあり、そして必ずハッピーエンドが待っているのだ。

……よしっ。
やっぱりまさくんを探そう。
とにかく、会うだけ会ってみよう。

自分の道を歩くと決めて、就職を蹴ってからのこの“偶然”は、ただなんとなくの“偶然”じゃないのかもしれない。
誰より“私”がそう信じたかった。

アルケミストがにやりっと笑った気がした。

まさくんとの出会い

人の流れに任せたまま、原宿のおだやかな上り坂を上っていくと、代々木公園前にかかる、大きな歩道橋が見えてきた。

すると、歩道橋の端っこに青いTシャツを着た男の子が立っていた。足元には、ゴロゴロのついた黒いスーツケース。

……もしかして。
身体が少し緊張でこわばる。

その男の子は人目を避けるように、人通りのある方に背を向けて、誰かと電話で話している。心なしか、背中が緊張しているように見えた。しばらくすると、彼は上を向き、伸びをするようにふーーっと息を吐くと、電話を切った。誰かからの励ましの電話のようだった。

「あ、あの、まさくん？？？」
「え！？」

不意に声をかけられて、驚いた顔で彼が振り向いた。
大きな目の優しそうな顔。メルマガでよく見るまさくんがそこにいた。
わ！ 声をかけてしまった！！

「え、えっと、あの……。メルマガで、メルマガを読んでて！」

しまった、何も考えていなかった！
「い、いつも、メルマガで励ましてもらってます。ありがとう！」

しどろもどろ、言葉を繋ぐ。
下手くそだけど、まっすぐな気持ちだった。
寒いはずなのに握った手にはたっぷり汗をかいていた。

「……ほ、ほんとですか！！　う、うわ～～。そっか、そっか～。ありがとう！！」

東北訛（なま）りの優し気なイントネーション。
目の前のまさくんが、本当に嬉しそうな顔になった。

あぁ、来てよかったんだ。

まさくんの嬉しい気持ちと、自分の嬉しい気持ちがまじって目頭が熱くなった。
まさくんの反応に、緊張がほぐれていくのが分かる。

「あ、あの。私にも書きおろしをしてくれませんか！」

それがまさくんとの最初の出会いだった。

ソペアモンコール（幸せ）の始まり

「お～～～い！　まほちゃん！　まほちゃーーーん！！」

その日の夕方。待ち合わせのカフェの入り口に現れたまさくんは、満面の笑みを浮べていた。片方の手に書道の書きおろしの道具がパンパンに入ったスーツケースを引きずって、もう片方の手を大きく振っている。

彼はとても気さくに、書きおろしが終わった後に、また話そうとお茶に誘ってくれたのだ。

「まさくん、お疲れ様！　長かったねー！　あれからどうだった？」
「うん！　まほちゃん！　聞いて！　**ソペアモンコール**（カンボジアの言葉で幸せという意味）だよ！　奇跡が起こったんだ！！」

「えっ……！！」

「あれからたくさんお客さんが来てくれたんだよ！
今までで一番の売上だったんだ！ 過去最高だったんだよ！！ まほちゃん！
僕がここにいる意味はあったんだよ！ まだ東京にいられるんだ！」

高揚したまさくんの、大きな目はキラキラしていた。

前兆の置き石が、少しずつ繋がっていく。
主人公の少年は、いつもハッピーエンドなんだ。
アルケミストがまた笑った気がした。

その日からも、まさくんは東京に残って原宿で毎日書きおろしを続けた。

お客さんは途絶えることなく、半年もすると、今度は路上に出られなくなった。人気が出過ぎて、お店やイベントに来てほしいと呼ばれるようになったのだ。そして、たくさんの転機があり、今では海の掃除をする為世界を飛び回っている。でも、それはまたもう少し先のお話。

あれからまさくんは、私にとってかけがえない友人となった。
私の人生に前兆という置き石を運んできてくれたのだ。

「観念」すること

「神様ーー！！ 私はもうなんにもできません。お手上げです。助けてくださいーー！」

１か月後、原宿のど真ん中、涙でぐちゃぐちゃの顔で、私は天を仰ぎながら叫んでいた。

「あはは！！！ まほちゃん、いいね～～！ 最高だよ～～！」

目の前にいる、いつも通りの青いTシャツを着たまさくんは、路上にゆったりと座って爆笑している。
「これで大丈夫って言ったのまさくんでしょ！！」と言いながらも、まさくんが笑い飛ばしてくれたおかげで、心は少し軽くなった。

すっかり春になった原宿は、代々木公園からの気持ちいい風が吹いていた。真っ青に晴れた空に、木々が揺れる音は心地がいい。

「あはは。ごめんごめん！ いや、まほちゃん、でもさっき言ったことは本当だよ！ **自分でどうしてもうまくいかない時は、『観念』するんだ。**自分はもう何もできませんーって、一旦手放すんだよ。神様に任せるんだ」

あはは、とまた笑って、まさくんは上出来だ！ という顔をした。

「うん……」半信半疑だったけれど、でも本当に、さっきまでの絶望の淵（ふち）にいたような心境からは、少し抜けられた気がする。

「ほら、観念したあとは流れに任せて。なんとかなるから！ 僕の仲間たちが代々木公園でお花見やってるから、気晴らしに行ってみたらいいよ！」

そう促されて、私は涙でぐちゃぐちゃの顔を拭いて立ち上がる。
後ろにはもう、彼の書きおろしを待っているお客さんが並んでいた。

大きな大きな難関

まさくんに出逢って1ヶ月、それは卒業して1ヶ月でもあり、そしてニート（＝無職）になって1ヶ月、ということでもあった。

「自分のワクワクした人生を生きるんだ！」
そう決意して、まさくんにも会って幸先は良好！
今から私の新しい人生がスタートする！

――はずだった。

私はここで大きな壁にぶち当たっていた。
それは、今まで見ないようにしていた問題だった。

“観念”した私は、まさくんに教えられた彼の仲間がお花見をしているという、代々木公園へと向かった。

ベストセラーの作家さんとの出会い

代々木公園の奥、ただっぴろい広場のような場所の真ん中で、シートを広げて10人くらいの人が集まっていた。まさくんの友人たちだろう。声をかけると、彼らは心良く仲間に入れてくれた。
すると、みんな自分たちの手帳や持って来た本を出して、ある一人の男性に何かを書いてもらっている。よくみてみると、それは彼のサインだった。

さらさらと慣れた手つきで、彼はキャラクターつきのサインを書いていく。もらった人たちはとても喜んでいた。

「あぁ！ どうも初めまして。まほちゃんでいいのかな？ 僕は、作家をしてるんだよ～」

さわやかで中性的な、笑顔が素敵な人だった。
彼は目が合うと、すぐに自己紹介と握手をしてくれた。

「彼はね、ベストセラーの作家さんなんだよ。会えてラッキーだね！」と、隣に座っていた子がこっそり教えてくれる。有名な方のようだったが、そんな風に思えないほど、その作家さんはとても気さくで、中心となって場を盛り上げていた。

花見も終わりに近づき、片づけが始まったとき、たまたま近くにいたその作家さんが話しかけてくれた。出身地や今何をしているのか、そんな当り障りのない話をしていると、ふと作家さんが異変に気が付いた。

「あ、あれ！？ みんなどこに行った？」

「え！ あれ！ ほ、ほんとだ」
話も一段落し、そろそろ帰ろうと周りを見渡すと、さっきまでいたはずのメンバーがみんないなくなっていたのだ。

「えっ！？ この後、お茶でもしようかって話していたのに」
「誰かの番号わかりませんか？ 連絡してみましょう！」

作家さんは携帯電話を取り出して何度も電話したが、誰も出ない。
全員が、本当にウソみたいに消えてしまった。
突然のことに、作家さんも困惑している。

「え〜！ 不思議だね〜。こんなことってある？ どこ行っちゃったんだろう。僕、せっかく呼ばれて来たのに。まぁ、それじゃあとりあえず、公園を出ようか」

「は、はい！」

私たちはそのまま代々木公園の入り口へと歩いて行った。
代々木公園を出るまでは、結構距離がある。
歩きながら話していると、作家さんは急にこんなことを言い出した。

「まほちゃん、もしかして今悩んでいることがあるんじゃない？」
「えっ！ なんで分かるんですか？」

「あぁ、やっぱりね〜。いやぁ、実は僕は人の悩みを１０分も聞くと解決できるんだよ〜」

「ええっ！！！！」

悩みを１０分で解決！？ あまりにもキャッチーな文句に、最初は冗談で言っているのかと思ってしまった。しかしよく聞くと、その作家さんは本を書くかたわら“人の話を聴く”という活動をボランティアでやっているらしい。

話の内容はほとんどがその人自身の悩みで、長い時は１日８時間ぶっ続けで、人の悩みを聴くこともあるという。その活動をずっと続けているうちに段々と、10分程人の話を聞けばその人の悩みの解決策が分かるようになった、というのだ。

「これも何かの縁だし、ちょっと話してみない?」

そのとき、ふいに今朝のまさくんの言葉が浮かんだ。
『ほら、"観念"したあとは流れに任せて。なんとかなるから!』
あの秘伝の"観念"するという技の効果は、本当だったんだ!

「は、はい。お願いします!」

これはまさくんからもらった前兆だ。まだよく状況を飲み込めていないまま、私は作家さんに話してみることにした。

お母さんとわたし

私が悩んでいること、それは、お母さんのことだった。
簡単に言うと、お母さんから旅に出ることを大反対されてしまったのだ。

だけど、私は分かっていた。それはただ表面に出ただけの問題で、私にとっては、触りたくない、もっともっと根が深い問題があるということ。

『まぁちゃん、お母さんがそんな話聞いてないって言ってる。もし旅に出るなら、奨学金も学校のために出したお金も、全部返してほしいって……』
それは、双子のなっちゃんからの伝言だった。

お母さんと私は今世紀最大の冷戦へと突入していたのだ。
お母さんの言い分は、もっともで、当たり前のことだった。
私は学校へ行くために奨学金を借りていたし、私のワガママで2回目の学校へ行くときは、生活費も工面してもらっていた。

お母さんが一生懸命お金を出してくれたのも知ってる。たくさん苦労かけていることも知ってる。感謝もしてる。わかってる。頭ではそう思うのに、だけど心がどうしてもついていかない。
腹が立って悔しくて感情が溢れて仕方なかった。

「まぁちゃん、ちゃんと話したら大丈夫だよ。お願いしてみればいいよ」

「ううん！ ちがう。なっちゃんとお父さんには分からない。これは私とお母さんしか分からないから。もっと違う問題なの！！」

そう突っぱねて、でもそれ以上はいつもうまく説明できなかった。
私の中でお母さんとはいつも、
やった、やられたのシーソーゲームをしているように感じていたのだ。
私が一番やりたいことを邪魔される。
今回はやられたんだ！ そんな思いだった。

その原因は小さい頃までさかのぼる。

私は小さい頃、とてもよく怒られていた。要領のいいなっちゃんは怒られない。とにかく私だけ怒られてしまうのだ。

私の話すこと、行動、すべてがお母さんをイライラさせていた。
すぐ調子に乗る性格で、いらない事ばかりをしてしまう。
ワガママで自分勝手な行動も、周りに迷惑をかけてしまう。

だけど要領が悪くて、型にはまることのできない性格は、お母さんに幾度となく直されても、なかなか直らなかった。私は、しなければいけないことや、するべきことが全然分からなかった。

もちろん自分のやった悪いことで叱られるときもある。でも、ほとんどが何で怒られるのか、何が悪いのか、よく分かっていなかった。よく分からないけど、何をしても怒られる。迷惑をかけてしまう。私は段々自分のすべてに自信がなくなっていった。

いつしか、お母さんはあまり私に笑わなくなった。
私にだけ返事をしてくれない時もあった。
その頃のお母さんの背中は、仕事と私のことで疲れていた。
私はもう、私じゃない人間と取り替えてしまいたかった。
でも私は“私”で、どんなに頑張っても直らない、変われない。
ダメなままだ。

なっちゃんといたほうが、お母さんはずっと笑顔で気楽そうだった。
私だけ、いつもうまくいかないんだ。

中学生になると、お母さんとぶつかることが増えた。
口喧嘩が増えて、お母さんから言われたことが全部刺さる。
私もイライラをおかまいなしにぶつけまくった。

何かよくわからない怒りと憤りでいっぱいだった。高校を卒業してから、一人暮らしを始めて距離ができても、久々に会うと喧嘩をしてしまう。

悪いと思って、お母さんのために何かしてみたり、それがまったく伝わらずまたイライラしたり、させたり。それをぶつけたり、ぶつけられたり。
どんなに一緒に居たくても、本当の意味で一緒にいる事が出来ない。

それが、今もずっと続いていた。

でも私は、その問題を掘り起こしたくなかったんだ。
掘り起こして、点検したら、分かってしまうのが怖かったから。

それは、“私はお母さんに嫌われていて、愛されてはいないんだ”ということ。

それを知ってしまうのが、**本当は世界で一番、怖くてたまらなかったのだ。**

人生を変えた質問

「そうか……。それは辛かったね」

代々木公園を出た私たちは、近くのカフェに移っていた。
向かい合った作家さんは、まっすぐ真剣に話を聞いてくれている。
こんな話、あんまり人にしたことがなかった。

「でも、それだけじゃないんです。それからは、大好きななっちゃんとも最近うまくいかなくて。バイトも、奨学金と学費を返して、旅のお金を貯められるようなものなんて見つからなくて」
「新しい生き方を自分で選んだのに、この生き方で本当に良かったのか、どうしたらいいのか、全部不安になってしまったんです」

本当に今の私の人生は問題だらけだった。
解決しないといけない事ばかりで、何から手を付けていいのか分からない。

一体、どんな解決策があるんだろうか。
自分で選んだ道なのに、こんなに悩んでいて恥ずかしかった。

解決したい。抜け出したい。もう真っ暗なのは嫌だ。
ワクワクする人生を歩くって決めたんだ！
こころはそう叫んでいた。

すると、作家さんは言った。

「まほちゃん、この問題の原因は、たった“１つ”のことだよ。それを解決したら、全部解決するんだ」

「えっ……！？」

私はびっくりした。
お母さんの問題、なっちゃんともうまくいかない、旅も反対されている、したい仕事も分からない。全部それぞれ種類が違う厄介な問題だった。それが“1つ”のことで、解決する？

この人は何を言っているんだろう……？
理解できない。

作家さんは、気にせずそのまま続ける。そしてそのとき机にあった水の入ったコップを、おもむろに自分の方に近づけた。

「コップには一体どのくらいの水が入ってると思う？」

作家さんは優しい目で私を見つめている。

――え？ コップの水？？

どうゆうことだろう？ その質問を聞いた時は意味が分からなかった。
だけど、それは、問題を根本から解決する魔法の質問だった。

第6話

“ コップの水はどれくらい入っている? ”

「これは、まほちゃんのコップだよ。まほちゃん自身の、うーんそうだな、人間のコップ、という感じかな？ まほちゃんは、今の自分は、どれくらい水が入っていると思う？」

私は、机に置かれたそのコップを見つめた。

――私のコップの水……？

今私は、仕事もしてないし何も頑張っていない。社会的には何も役に立ってない、だから下の下の方にいるのは十分、分かっている。

自分の水が今どれくらいかなんて……。
言うのが恥ずかしくなった。０％に近いんじゃないか。
この質問に答えるのがすごく嫌な気持ちがした。

「えっと、……このくらい、だと思う……」

そう言って、コップを指差す。コップの底から少し上がったところ、大体３０％くらいのところだった。
作家さんはそれをみて微笑んでいる。

「そうかそうか。そのくらいか～」

胸がザワザワした。少し多く見積もったのに、気付かれてしまったのだろうか？ でも、私でも３０％くらいはいいところがあるはずだ。……多分。
彼に全てを見透かされているようだった。

「あのね、まほちゃんのコップの水は」

そう言いながら、作家さんはコップを見やすいように自分の前に持ってきた。そしてコップの口に手をかぶせる。

「ここだよ。きみの水はここまで入ってるんだ」

「えっ……？ えっと、どうゆうことですか？」

その動作が、何を意味しているかわからなかった。空っぽってこと……？
コップのてっぺんに手を置いたままの、彼を見つめる。
作家さんも優しい目で、まっすぐ私を見て言った。

「あのね、**もうFULLなんだよ。満タンなんだよ。まほちゃんの水は、もう100%入ってるんだ**」

「まほちゃんがね、自分で70%位ダメだって思ってるだけなんだよ。ただ、そう自分で思ってるだけなんだ」

「だからその70%を埋めようとして、仕事をしたり、何かを頑張ったりして誰かに認められることで、100%になろうと苦しむんだ。でも、いつ、そのゴールは来るの？」

息が詰まりそうになる。まんたん、100ぱーせんと？
頭ではよく理解できなかった。
じゃあ、もう頑張らなくていいってこと？
そんなの、こんなにダメなのにもっとダメになってしまう。
でも、そうだ。ゴールは来ない。それは分かっていた。

考えると、ハテナだらけだった。
だけど、胸の中が、熱かった。
これはなにかとても、重要な事だ。心は分かっていた。

「もうひとつ、質問していいかな？」

「まほちゃんは……**自分のことが好きかい？**」
ふいに聞かれた質問。

一瞬空気が止まったように感じた。
すぐにいつも通り、明るく返事をしようとした。でも、喉まで出て、つっかえて、そしてなにも声が出なかった。だけど、その代わり、涙が、大粒の涙がぼろぼろとこぼれていた。私は、気付いたら肩を揺らして号泣していた。泣くなんて、思ってもいなかった。でも止まらなかった。

とっさのウソもごまかしも、できなかった。
「……ううん。私は、好きじゃない……」

声をつまらせながら、うつむいたまま首を横にふる。

私は自分のことが、好きじゃなかったんだ。
私は、私が、大嫌いだった。

涙は止まらなかった。胸がキリキリと痛かった。
作家さんは、優しく静かに見守ってくれていた。
そしてまたコップを指差して言った。

「もし、まほちゃんがもう自分は100％なんだ、満タンなんだって認めた時、コップから水が溢れるんだ。そして溢れた水を、周りの人にあげられるようになるんだよ」

そして、問題だらけの私の、たった1つの解決策を教えてくれたんだ。

「もう、自分を愛して生きる許可をしてみないかい？
そしたら、問題は、全部解決するよ」

彼が教えてくれたその解決策は、
私の人生の中で一度もやったことがないことだった。

自分を愛して生きる許可

それから3日間、私は家のバスタブにいた。
そしてほとんど家からも出ず、泣き続けた。
なんでバスタブかというと、小さい頃はお風呂の中が、私の反省する場所だったからだ。

泣きながら、頭の隅のほうに押し込めていた、
もうすっかり忘れていた小さい頃の記憶がたくさん出てきた。

そうだ私は指に絆創膏(ばんそうこう)を貼っていた。
お母さんに叱られたとき、また失敗をしてしまったとき、
この絆創膏を見たら、もう「悪いこと」も「失敗」もしないんだ！
という、自分で考えたおまじないだった。

でも、また叱られるし失敗もしてしまう。
お風呂で泣きながら、何度も貼り直した絆創膏をやぶり捨てた。

そしていつも怖くて不安だった。
両親が別々で暮らすことがあったら、こんな私は引き取ってもらえないだろうと思っていた。

なんで私だけこうなんだろう。なんでうまくやれないんだろう？
こんな自分で、悔しくてたまらなかった。

小さい頃の記憶と感情が、とめどなく溢れてくる。

私はこんなに溜めてしまっていたんだ。感情はなくならないんだ。昔我慢した感情は身体の奥に溜まっていたんだ。

出てくる感情の波を、少し大きくなった今の私が、泣きながら受けとめていた。

胸の中に、小さなあの頃の自分がいる気がする。
それはボロボロで自信がなく、傷ついた私だった。

ごめんね、きつかったね。ずっと我慢させてたね。

ずっと置き去りにしていた、あの頃の自分に話しかける。でも、胸の中の小

さな私は、お母さんの事で悲しんでいる訳じゃなかった。怒られたこと、うまくいかないことで、傷ついている訳じゃなかったんだ。

嫌い。大嫌い。なんでうまくやれないの？

なんで失敗するの？　どうしていつもそうなの？

私なんて大っ嫌い！

それは他の誰でもなく、私自身からの言葉だったのだ。
私は、私からの、そんな言葉の刃でズタボロだった。

世界で一人しかいない自分を、一番認められなかったのは、
私だったんだ。

そう、私を一番嫌っていたのは私だった……。

自分を愛して生きる許可してみないかい？

作家さんの言葉が響く。

もういいんだ。私はわたしで。
できないのもダメなのも、全部私なんだ。
もうそろそろ自分を愛そう。
自分を許そう。
自分を愛することを、自分に許そう。
私は胸の中の小さなわたしを、思いっきり抱きしめて言った。

「もうそのままでいい。
そのままのあなたでいいんだよ。
愛してるよ」

それは小さい時、一番言われたかった言葉だった。

ずっと待っていた言葉を、やっと言ってもらえた。
少し大きくなった私から、言ってもらえたんだ。

私はわたしを抱きしめながら、何度も何度も繰り返していた。
胸の痛みはいつの間にか、大きなあたたかさに包まれて消えていた。

どれくらいそうしていただろう？ 泣き疲れた顔を上げる。
バスタブから出ると、身体も頭も不思議と軽くなっていた。
服を着て部屋に戻ると、部屋の片隅に携帯が転がっている。
ふいに携帯を手に取る。
気付くとそのまま何も考えず、電話をかけていた。
発信先は、お母さんだった。

ずっと聞けなかった質問

プルルル……着信音が響く。

ドクッドクッドクッ。
自分の心臓の音が、携帯を当てた耳からも伝わってきた。
電話をとる音がした。

「あ、もしもし、お母さん。」
『……あ、まほちゃん。久しぶりやね……元気にしてた？』

久しぶりのお母さんの声。突然の電話に、少し驚いた様子だった。
なっちゃん伝(づた)いで聞いたような、緊迫した雰囲気はなくなっていた。
お互いに戸惑っているような、少し居心地の悪い空気が流れる。

携帯を持つ手が震えていた。自分がとても緊張していることに気付く。だけど、頭はクリアでしっかりしていた。何で電話をしたのか、自分でも分からなかった。だけど、お母さんにどうしても電話をかけたかったのだ。
そして次に自分から出た言葉は、

私がお母さんに、ずっと聞けなかった事だった。

「……お母さん、小さい時、どうして私ばかり怒ったの？」

それは、私がずっと聞けなくて、そして恐れていた質問だった。

“私を愛していない、好きじゃない”
お母さんの口から、それを知るのが怖かったからだ。

だけど、今やっと、まっすぐ聞けた。もしお母さんから、今その言葉を聞いても、私だけは“私を愛する”と決めたんだ。

自分の中の小さなわたしが、しっかり前を向いている。
部屋のすみに立ったまま、一人受話器を握りしめていた。

しかし、お母さんから帰ってきた言葉は、予想外の言葉だった。

『う……ん。そうやねえ、それはお母さんとまほちゃんがよく似てたからよ。
まほちゃんに、お母さんみたいになってほしくなかったんよ』

「えっ……？」

……お母さんみたいになってほしくない？

……なんで？

私のことを“愛してない”ではなくて？

えっと……お母さん、もしかして……。

それは、自分の世界がひっくり返るような感覚だった。
頭のなかで、なにかが繋がろうとしている。
「もしかしてお母さんは、自分のことが好き……じゃないの？」

電話の向こうのお母さんは、沈黙していた。携帯のノイズ音が響く。
そしてお母さんは少し言葉をつまらせながら、答えた。

『う……ん、そうね……お母さんは、自分ことは……あんまり好きじゃないかな』

その瞬間、急に視点がぐるりと回転した。
自分の中の絡まっていた糸が、するするとほどけていく。

お母さんも、自分のことが好きじゃない？ 私と一緒？

ほどけた糸が、次々と繋がっていった。

私には悩みがあった。
それは、将来、子供を育てられないんじゃないか、ということ。
それは、自分と似た女の子が生まれたら、絶対叱って育ててしまうからだ。
自分のことが嫌いな私が、もし似たような性格の我が子を持ったら、"私みたいになってほしくない"と、叱ってしまう。

それは、お母さんの口から出た"予想外の答え"と一緒だった。
お母さんは、私を愛してないわけじゃなかった？

すると、目の前に大きな夕日が広がった。
本当に大きな大きな、真っ赤な夕日。

それは小さい頃、夕日が大好きなお母さんと見た景色だった。
保育園の頃、仕事を始めたばかりのお母さんが、送り迎えをしてくれていた。

その帰り道、アスファルトの坂道に大きな夕日が沈むんだ。

「ほら！ まほちゃんなほちゃん！ 夕日だよ～！ おっきいね～！」

「ほんとだ～！ おっきいー！ キレイ～～～！」

そう言うと、お母さんが大きな声で歌を歌う。
私たちも真似して歌う。大きな口を開けて歌う。

助手席から、オレンジ色に染まったお母さんの横顔を見ていた。
空も団地も坂道も、車も私たちも、みんなオレンジ色だった。

お母さんは嬉しそうに笑う。
夕日とお母さんとのその時間が、大好きだった。

中学生になった時、私はもう夕日が嫌いだった。
自分が嫌いで自信がなかった私は、世界がキレイに見えなくなっていた。
その日は期末テストが近いのに、自分の目標まで勉強できなかったんだ。
もう夕方、一日が終わってしまう。
自分はなんてダメなんだろ、また自分が嫌になっていた。

仕事から帰ってきたお母さんに、急いで駆けよる。

「お母さん！ おかあさん！ 今日ね、全然勉強できなかったの……！ 全然ダメだったの！」

叱って欲しかった。何やってるのって。叱り飛ばして欲しかった。でもお母さんは、玄関先で私を抱きしめてこう言った。

「そんな日もあるよ〜。大丈夫、だいじょうぶ！」

お母さんのその言葉に、全身の力がゆっくりと抜けていく。
全部許された気がした。
“そのままでいいよ”と言われたような安心感だった。
幸せで満たされたいく。

抱きしめられたお母さんの肩越しから、夕日が沈んでいくのが見えた。

高校生になると、お母さんと私は喧嘩ばかりだった。

お母さんは仕事で忙しくなり、私は自分のことでいっぱいだった。

バーーーン！
スタートのピストルが鳴る。みんな一斉に走りだす。

高校の日々は陸上一色だった。平日は練習、週末は大会。
今日は大会の日だ。

立ち止まったら色々考えてしまう。
目標に向かって走っているときは、何もかも忘れられた。
走る。とにかく走る。走る。走る。

周りの景色が見えなくなる。
歓声も人も風の音も、空も地面も、全部一緒の風景になった。

自分の息と心臓の音だけが聞こえる。
この瞬間が好きだった。

「まほちゃーーーーーーーん！ まほちゃーーーーーん！」

突然、自分だけの世界に、聞き慣れた声援が割って入ってきた。
お母さんだ！

仕事をしているはずのお母さんの声だった。
仕事を抜けて、見に来てくれたんだ！

「あと一周！ あと一周だよーー！ がんばれ〜〜〜！」

お母さんの姿は見えない。背景はもう全部一緒だった。
景色が色んな色に混ざって伸びる。

でも、お母さんの声だけはハッキリと聞こえた。

お母さん……お母さん!

走る。とにかく走る。前だけ向いて走る。

一番だった。前に誰もいない。
視界がひらける。空と地面が一緒になる。
ゴールの白いラインが見えた。

「まほちゃーーーん!」

お母さんの声だけが響く。
景色が、音が、ゆっくりと戻ってくる。
空が大きい。

ゴールラインはいつの間にか超えてしまっていた。

まほちゃーん、まほちゃーーん。

お母さんのよく通る声。強くて優しい声。
観客席の最前列に、お母さんは立っていた。
お母さんは笑顔だった。

真っ赤な夕日が競技場を染めていた。

まほちゃん、まほちゃーん。

お母さんの声が何度も何度も聞こえてくる。

それは、私をずっと導いてくれた、
世界でたった一人のお母さんの声だった。

お母さんとの思い出が、
ビーズが弾けるように次々と浮かんでくる。

鮮明に、お母さんとの記憶が通り過ぎて行った。
それは赤ちゃんの時、保育園の時、小学校……、
お母さんと生きた、なんでもない日々だった。

まほちゃーん。
まほちゃーーん。

お母さんの優しい声がこだまする。
喧嘩をしたときも、励ましてくれるときも、褒めてくれるときも、
いつも私を呼んだのは、その声だった。

この名前をつけてもらってから、幾度も呼ばれた。
いつも傍にあった、私を導いてくれる、大きくて柔らかい、
すべてを許してくれるお母さんの声。

それは、お母さんから愛された記憶だった。

私は、自分が大嫌いだった。
かたくなに、自分を愛さなくなって、世界をキレイに見れなくなっていた。

そして、お母さんの愛すら受け取れなくなっていたんだ。

「お母さん……、私、お母さんの為に自分を大好きになる」
お母さんは、私とお母さんが似ているから怒ったと言った。

それなら、私が私を大好きになれば、似ているお母さんも大好きになるハズだ。

嫌いな人なんて、本当はいないんだ。世界は自分の中にあるんだ。
私はお母さんを愛するために、自分を愛そう。
世界を愛するために、自分を愛そう。
私の目が曇ったら、世界も濁(にご)って見えるんだ。

「え？ ……うん、あはは。ありがとう」

お母さんは思いもよらぬ私の言葉に、少し笑っていた。
そして少しだけ話をして、私はすぐに電話を切った。

もう限界だった。
携帯を握りしめたまま、床にしゃがみこんで嗚咽(おえつ)した。
涙が止まらなかった。

私は生まれてから、愛されなかったことなんて、一度もなかったんだ!

一瞬たりとも、愛されてない時なんてなかったんだ。
それは、自分の世界がひっくり返る出来事だった。

お母さん、おかあさん。
ごめんなさい。ありがとう。
許してね。

ありがとう。

――愛してるよ。

今までの記憶を洗い流してくれるように、涙は流れ続けた。
私は子供のように声を上げて泣いていた。
もうすっかり夕暮れだった。

部屋の外で、真っ赤な夕焼けが東京の街を染めていた。

東京での新しい日々

2012年4月、恵比寿駅。
今日はいつもと同じようで全然違う今日だ。
人でごちゃごちゃの東京もキラキラして見える。

辞表を提出してから、トントン拍子に東京で転職先が決まった。
そして、私たちは“念願の二人暮らし”をすることにしたのだ。

今日からまぁちゃんと、また二人で暮らす生活が始まるんだ。

「なっちゃんーーーーーーーー!!!」

まぁちゃんが、人ごみの中から改札を出る私を見つけて駆け寄って来た。

「あ、まぁちゃん!!!!」

私たちは、再会と新しく始まった今日を、二人で抱き合って喜んだ。久しぶりに会ったけど、私たちの間にある空気は何にも変わっていなかった。

そして、その日の夜は子どもの頃のように、近所の公園に星を見に行った。家の近所にあるタコの遊具がある公園、それを私たちは「タコBAR」と名付けた。

秘密基地のようなその「タコBAR」に、少しのお酒とお菓子を持って、
これから、どんな楽しいことが待っているのか、
どこに行こうか、どうやって遊ぼうか。
二人で、今一緒にいられる感動と、この先のワクワクする日々のことをたくさんたくさん話した。

私には、ここまで来たことが奇跡みたいだった。
あの時、福岡の会社で足りない何かを夢中で探していたとき、また二人で住めるなんて思いもしなかった。

満点の星空でワクワクを思い出したあの日、
私たちは、また**二人でワクワクしながら生きることを選び直したんだ。**

気がついたら、大人になってもワクワクして生きる日々が始まっていた。

EARTH GYPSY
CHAPTER
1
NAHO & MAHO
第7話
“人生の変化”

本当の色

お母さんと話してから、私の世界はガラリと変わった。
自分を愛せるようになってから、いつも見える景色が、本当に鮮やかになったのだ。嫌いな人や苦手な人が少なくなって、あんなにいがみ合っていたお母さんは、大好きな人になってしまった。

そして、いつの間にか小さい頃の“色の世界”が戻ってきた。
またあのときみたいに、音楽や人に、色がついて見えるようになったんだ。

世界は、本当に変えることができるんだ。
それはまず、自分を愛することだった。

そして、私の日常も大きく変わったことがあった。
それは、人から相談を受けることがとても増えたのだ。
増えたどころじゃない。

初めて会った人や、疎遠だった同級生、バイトの先輩、なんで私に？　という人から相談を受ける。人の相談を徹夜で聞いて、次の日違う人の相談に向かうということが連日続いた。その内容は、最愛の人との死別や、DVや中絶など、なかなかディープなものが多かった。

だけど、その人がどんなに泣いていても、どんなに人生が最悪で壮絶な状況でも、その人の持つ色は、変わらずとってもキレイだった。

そうか、人は一人ひとり、もともとキレイな色を持っているんだ。
もう100％なんだ。ただ、少し忘れてしまっているだけなんだ。

何かになろうとするんじゃなくて、本当の自分を思い出していけばいいだけなんだ。

その人の本当の色を話すと、みんな顔が輝いた。
本当の自分を知るのは、みんな嬉しいんだ。

子供の時のように、"そのままでいいよ"。
みんな誰かに、そう言ってほしかったんだ。

作家さんの言葉を思い出す。

『もうまほちゃんは100%なんだよ。
もし、まほちゃんが100%だって認めたら、
コップの水は溢れだすんだ。
そして、溢れた分を周りの人にあげられるんだよ』

自分のコップを思い浮かべる。
もう自分のコップは、30%なんかじゃなかった。
ちゃんと満タンに水が入っていて、こぼれようとしていた。

「よし。まさくんが人生を変えるきっかけをくれたように、私は他の誰かに返していこう！」

そして私は、路上に座って人の色を描くことにしたのだ。

終わりのはじまり

その日は、いつもと違って緊張していた。
それは記念すべき初めて"料金"をもらうと決めた日だったからだ。

"人の色を描く"仕事は、アルバイトの空いた時間にやっていた。だけど案外、無料にするとあんまり人は来てくれない。
ちゃんと見てほしい人にだけ描こう！
そう決心して、今日から料金を設定することにしたのだ。
少ない金額だけど、私には大きなことだった。

路上に座るとすぐ、背の高い、感じの良い男性が声をかけてくれた。

「へぇ〜〜！ 人の色ですか。面白いですね！ よかったら是非書いてもらえますか？」

その男性は興味を持ってくれたようで、私の前に腰を下ろした。

「実は一年前の今日、自分にとって特別な日だったんです。今日ももしかしたら何かあるかな？　と思いながら歩いてて。これも何かの縁ですね！」

「えっ！　そうなんですね！　私も今日が初めてお金をもらって描く記念日なんですよ」

自分の記念すべき日と、彼の特別な日が重なっているなんて、
その素敵な偶然が少し意味のあるように思えて嬉しくなった。
幸先好調だ。
それはまるで――前兆のようだった。

“前兆”は次の“前兆”と連なって、次々と繋がっていくものだから。

彼の色を描かせてもらう。
私は初めてお金をもらい、そして彼は感動したお礼にと、
缶コーヒーまでプレゼントしてくれた。

「マホちゃんは、何でこの仕事を始めようと思ったの？　何かきっかけがあるの？」彼からの質問だった。

「う～ん……。そうですね。どこから話せばいいか分からないですけど……」そして、初対面の男性にこれまでの軌跡を話してみた。

――けんちゃんと由紀夫との不思議な出会い。
――3.11から、自分のワクワクする人生を歩くと決めたこと。

そこから人生が大きく変わった。

――卒業式にもらったアルケミスト。

もうあれから半年が過ぎたんだ。

偶然という前兆をつたっていく。
アルケミストが思いもよらぬ場所まで私を連れてきてくれた。

――まさとの出会い、作家さんとの出会い。
――お母さんのこと。

もう何年も前のことのように、遠く感じる。
あのときから、自分は随分変わったことに気付く。
いつの間にか、私は自分の人生が好きになっていた。

お客さんに話しながら、心が震えていた。
一気に話してしまうと、その男性は驚いた表情でこっちを見ていた。

「は、ははは。本当におもしろいな……その物語は、もしかしたら、一周回ったのかもしれないよ」そう言うと、彼は自分の黒いリュックサックをガサガサと探った。

「僕はね、実は出版関係の仕事をしているんだ。大切な本があって、いつもそれだけ持ち歩いてるんだ……」

そう言って彼はリュックから取り出した。

「えっ……」
胸がドクンと鳴る。

そう、それは、見慣れたあの表紙だった。

――**前兆に従ってゆきなさい。**

彼が持っていたのは『アルケミスト』だった。

今までの出会った人たちの顔が、場面が、鮮明に流れていく。
出来事が走馬灯（そうまとう）のように回り出す。

お母さん、けんちゃん、由紀夫、
あべちゃん、まさくん、作家さん……。

自信がなかったこと、
自分が嫌いだったこと、
お母さんと分かり合えなかったこと、
自分を愛すると決めたこと……。

人生のいびつなピースが、すべてはまっていく。
すべて、ひとつ残らず、間違いではなかったんだ。

一体いくつの偶然が重なって今があるのだろう？
そして偶然はどこまでが偶然で、一体どこまでを奇跡と呼ぶのだろう。

――前兆に従ってゆきなさい。

アルケミストの主人公の少年は、その言葉に従って歩くと、
いつもハッピーエンドだったんだ。

私の人生のたくさんの登場人物と、たくさんの場面、
そしてすべての瞬間の選択は、人生のメッセージだった。
誰かが前兆を運んでくれる。

今日見た本が、出逢った人が、次の地図をくれる。
手放すこと委ねることが、前兆を解く魔法だった。
自分を愛することが、世界を開く鍵だった。
世界はちゃんと、“道しるべ”を置いてくれている。

自分が望めば、サインは必ずそこにあった。

本当は、世界はもっと、やさしく、大きく、
予想外の方法で、いつも私たちを愛してくれていた。
今までのすべての瞬間が虹色となって、まるく1つに繋がった気がした。

長い長い、旅の終わりのようだった。
第一章が幕を閉じたのだ。

「まほちゃん、次は何をするの？」
『アルケミスト』を持ったまま、その男性が尋ねる。

「え、あっ、はい。旅に出ます！」

私はとっさにそう答えていた。
それは私の口からでた次の“前兆”だった。

そして数カ月後、私は、見知らぬ国のチケットを買っていた。
人生を変える大きな旅が、私を待っていた。

新しい人生が幕を開けた。

けんちゃんとの別れ

旅に出る2ヶ月前、自分の人生で大きな出来事があった。
それは、けんちゃんとの別れだった。

「日本と気候も土も違うから、なかなか育ちにくいねん。それでもな、やっとこの前稲らしくなって喜んでたら、たまたま近所の牛の綱がはずれてて、全部食べられてしもうたんよー！」

「アフリカは、そんなありえへんことがあるんやで！！ あはは！」

１週間に何度か、アフリカにいるけんちゃんと電話をした。
家の近所の女の子にラブレターをもらった話。ご飯を作ると、その匂いに村

の子たちが来てしまって、いつも激しい攻防戦が始まるという話。水道、ガス、電気のない生活での髪の洗い方……。

けんちゃんの話はいつも面白かった。そしてアフリカに行っても相変わらずけんちゃんはけんちゃんだった。知らない土地で苦戦もしていたけれど、憧れの土地で、彼らしくノビノビと生きていた。

「まほは、最近どうなん？」

「う〜……ん、そうやね。お母さんと仲直りした、かな？」

「そっかそっか。ほなよかったなぁ」

「あ、あとね、人の色を描き始めたんよ！」

「え？ 人の色？ ふ〜ん。そっかそっか。まぁいいやんか！ でもそれ詐欺(さぎ)ちゃうか？ あはは」

「えー！ 詐欺やないわ！ もうっ！」

私は、ここ数ヶ月の自分の変化をきちんと話せないでいた。
けんちゃんがアフリカに行ってから、自分の人生が、急にめまぐるしく変わってしまった。自分でも整理するのが難しかった。

たった半年間が2、3年にも感じる。毎日起こることがあまりにも深くて、どう説明したらいいのか、わからなかった。
そのまま、話せないことだけが増えていく。

「いつか俺がオーガニックコットン育てて、まほがそれで服作るんよ。自給自足してさ。それが今の夢や！」

けんちゃんはいつも嬉しそうに未来の話をする。
けんちゃんの未来にはいつも二人がいた。

出逢ってから、いつも私の少し先を歩いて、自由で大きな未来を見せてくれたけんちゃん。けんちゃんの開けてくれた扉から、私も後ろにくっついて、恐る恐る未来を覗(のぞ)き見てた気がする。

でも今の私は――。
自分のこの手で扉を開けて、自分のこの目で、未来を見てみたかった。

いや、もうそうしないといけなかったんだと思う。
自分の扉を誰かに開けてもらっては、ダメなんだ。
そして**次の旅で、何か大きなことが待っている。**
そんな予感がしてならなかった。

けんちゃんのことが大好きな傍ら、自分が逆らえない波に流されていくような、そんな感覚だった。
――そして別れは突然やってきた。

それは、いつもの電話の延長にあった。
今日別れる、なんてお互い思ってもいなかった。
だから正直、どんな風に別れたかよく覚えていない。

私とけんちゃんの中にあった、小さなズレが、ぶつかってしまった。
そして、振り向いてみると、お互いの歩いていた道が、随分離れてもう見えなくっていたのに気付く。

「けんちゃん……、もう私たちパートナーとして限界やと思う」

私の言葉に、けんちゃんは額を押さえてうつむいていた。
スカイプ越しに、けんちゃんの涙が落ちていくのが見える。
私もベッドの上にぼたぼたと涙を落とした。

「俺みたいないい男、もうおらへんで。あんなに愛してくれる人おらへんかった！ って後悔するで～」

けんちゃんは、冗談交じりにそう言う。
だけどいつもみたいに笑ってはいなかった。

頭にタオルをまいて、よく日に焼けた整った顔。ずっと見慣れていたけんちゃんの顔が、涙で歪んで画面の奥へと消えていった。

これが最後のスカイプだった。

そしてPCを閉じて気付く。
今日はちょうど付き合って、２年目の記念日だった。
私の人生から、けんちゃんが居なくなってしまった。

私に、特大の愛を教えてくれたのはけんちゃんだった。

二人でやっていくということ。
相手を思いやるということ。
分け合うこと、許し合うこと、
シリアスよりもユーモアが必要なこと。

けんちゃんは、ビッグバンのように、窮屈だった私の人生を拡げてしまった。
私の世界に、見たこともない軽やかな風を運んできてくれた。
私を、自分の本当の中心へと、戻してくれた。

静かになった部屋を一人で見つめていた。
半年前けんちゃんは確かにここにいたんだ。
もう随分前のことのように感じる。

あの頃、この狭い部屋で安いワインと音楽と、それだけで十分だったこと。
お金がない二人のデートが公園だったこと。
いつもこの瞬間を楽しませてくれたこと。
けんちゃんが連れて行ってくれた、非日常な毎日が愛おしくて懐かしかった。

家族を失ったような、自分の身体が半分ちぎれたような痛み。
痛かった。もう戻れない場所が恋しくてたまらなかった。

だけど、心の奥はどうしようもなく進みたがっている。
けんちゃんと帰りたい場所は、もう全部過去にしかなかった。
もう戻れなかった。

歩こう。自分の道を。歩くしかないんだ。

けんちゃんとの2年間が終わった。
これで、けんちゃんとの恋愛の話はおしまい。
もう、うまく書けない。

けんちゃん、ありがとう。

第1話

“ つながるピース ”

NAHO & MAHO

EARTH GYPSY

chapter 2

424

2012年11月。
今度の"前兆"は、また1冊の本から始まった。

「早く、早く、旅に出ないと……！」
その時私は、強迫観念のような、もしくは強烈な第六感のような「早くどこかに出ないといけない」という思いに駆られていた。

それは、早く旅に出たい！ ワクワクする！ みたいな心躍る想いより、「絶対出ないといけない場所がある」みたいな差し迫った感覚だった。こんなの初めてだ。

"2013年になる前には、絶対旅に出る！"なぜかそれだけは決めていたけれど、そこからどうも一向に進まない。1ヶ月と少しで、その2013年が来るというのに、まだ行く国も決まっていなかった。

ボリビアのウユニ塩湖、自分探しにもってこいのインド、
バックパッカーの聖地タイ……。
パラパラと賑(にぎ)やかな国の写真をめくっていく。
でも、どこに行けばいいんだろう？

「あ！ そうだ！」

ふと、旅本と一緒に、もうひとつ本を買っていたのを思い出した。床に転がっている古本屋の安いビニール袋をたぐりよせる。

分厚い背表紙、表紙の女性の写真が印象的な本。題名は『アウト・オン・ア・リム』。それは、まさくんから「アルケミストの次は、この本読むといいよ～」とオススメされた本だった。

本の内容は、大女優が自分のこころと向き合いながら、生きる本質を取り戻していくというもので、シャーリー・マクレーンというアメリカの有名な女優さんの自伝だった。
私の生まれた時くらいに出た、少し古い本だ。

現実的で合理主義だった当時のアメリカでは、精神世界に踏み込んでいく彼女の生き方に、批判の声も大きかったらしい。とにかく、その時代にとてもインパクトを与えた作品らしかった。

一番面白かったのが、彼女がペルーで神秘体験と言われる“不思議な体験”をする場面だ。彼女はそこから、一気に本当の自分へと目覚めていくのだ。

これは本当の話なんだろうか？
そう疑ってしまうほど、奇異な内容だった。

熱中して読み進めていくと、彼女が自身の誕生日を言う場面があった。
そして彼女が口にした誕生日は、４月２４日。

「えっ！！ 一緒だ！」

そう、彼女と私は（もちろん双子の姉なっちゃんも）同じ誕生日だったのだ。
【４２４】という数字は、二人の間で特別で、とても大事にしている数字だった。

文章の【４２４】が浮かび上がる。胸がドクンと鳴った。

それはよくあるほんの小さな偶然だったのかもしれない。
だけど私にとって、大きな前兆だった。

今までのように、“前兆”を見つけたような感覚になっていた。

そしてその瞬間、単純に私の旅の行き先は簡単に決まってしまったのだ。
ペルーだ。やっと見つけた！ ペルーへ行こう！

ペルーなんて、どこにあるのかさえ曖昧だ。
だけど、確かな手ごたえがあった。

そして、どこにある国かもよく分からないまま、なっちゃんにお金まで借りて、ペルー行きの航空券を購入した。

そしてまだこの時は、ペルーが自分にとって、人生の変わる場所になるなんて思ってもみなかった。

これは今から始まる“特別な旅”の物語の、ほんの序章だったのだ。

ペルーに行く！

よく考えると、お金も貯まっていないし、ペルーのこともよく分からない。スペイン語も分からないし、旅の準備も何もできてなかった。だけど、“行く”と決めてから、まるでペルーに導かれているような出来事が次々と起こった。

最初の出来事は、専門学校の時からの親友、あやからの電話だった。
彼女曰く、ペルーに行ったことがある知り合いがいるという。
そうして、「親友の母親の高校の同級生」という、ずいぶん遠い繋がりの“まきさん”という女性を紹介してもらうことになったのだ。

私の周りには、ペルーに行った経験がある人はおらず、関西に住む“まきさん”の存在は貴重だった。

――しかし、彼女と連絡を取り合うどころではなくなってしまった。あと一ヶ月で旅に出るというのに、お金が全然貯まってなかったのだ。

毎日、旅費を貯めるためにバイト三昧。ペルーについて調べる暇もないまま、時間だけが過ぎていたある日、まきさんから1通のメールが届いた。
何とたまたま東京へ来ることになったと言うのだ。会って話せるなんて、こんな機会はなかなかない。すぐに彼女と会うことになった。

「まほちゃん？？　うわ～～！　会えて嬉しい！　お金貯めるのに必死で全然用意してないでしょ～！　ははは。大丈夫なの～？？」

初めて会うまきさんは、お母さんと同い歳と思えないくらい、
気さくで可愛くて、とても素敵な人だった。

会った瞬間から、意気投合した。

そして話していると、まきさんとは不思議な共通点もあったのだ。
「私がペルーを一人旅したのもね、まほちゃんと同じ25歳の時なんだよ。何か私も、もう一回旅の続きをやるみたい。他人事と思えないのよ。不思議な感じ」

偶然にもまきさんが旅したのは、２０数年前、私と同じ歳の時だった。
まきさんは嬉しそうに、初めての一人旅のことを話してくれる。当時描いたスケッチからは、まきさんが２５歳の時見たペルーの風景が溢れていた。

ペルーの旅のことを話す彼女の顔はキラキラしている。
彼女にとって、その時の旅が特別だったと分かる。

「まずね、マチュピチュは行ったほうがいいよ。でもマチュピチュよりこの山もいいのよね〜！ あとクスコは高地だから寒いからね。重ね着できるようにね！ あとね……」

まきさんは丁寧に、貴重なペルーの情報を教えてくれた。訪れたほうがいい場所、天候や服装、ホテルのことまで、事細かく教えてくれる。本で読む情報より、とてもリアルで役に立つものばかりだ。

まきさんの口から語られるペルーは、広大な風景や、アンデスの空気が広がっていく。遠かったペルーが、ぐっと近くに感じる。

「そうそう！ 素敵な人を紹介してあげる！ 現地に誰かいると安心でしょ。リョニーさんっていう、私と同い歳のペルー人なんだけど、彼、以前日本の大学で教えてたこともあったから、日本語もうまいよ！ 彼に会うといいよ！」

ペルーに知り合いのいない私にとって、それはとても心強いことだった。
「そういえば、私とリョニーさん誕生日が一緒なのよ。これは前兆かしら？」
そう言って彼女は笑った。

私たちはすっかり盛り上がって、お店を出た時には6時間も経っていた。
そうして、彼女との出会いのおかげでペルーに必要なことが揃っていった。

次の出来事は、出発１週間ほど前にやってきた。

chapter 2

私は旅費を貯めるため、恵比寿のブリティッシュバーで働いていた。
その日、私がカウンターに立っていると、お店のドアからモデルの様な美人が入ってきた。それは元スタッフのやよいさんという人だった。

彼女の噂は、他のスタッフからよく聞いていた。彼女は17歳から何カ国も世界を旅している、旅のスペシャリストだった。昨日もどこかの雪山を登りに行って、シベリア鉄道で帰ってきたばかりらしい。

「あー！　やよいさんだ！　帰国したんですね！　この子ももうすぐ旅に出るんですよ！」店のスタッフが気を利かせて話を繋いでくれる。

「ほんと？　どこに行くの？　いつ？　旅、初めてじゃない？　荷物は揃えた？
よかったら私の荷物全部貸してあげるよ！　持って行きなよ」

「え！？　いいんですか？？」

「いいのいいの。旅してると、何かをしてもらったり、返したりは当たり前だから」

そう言うと、旅から帰ったばかりの彼女は、気前よく自分の使っていた荷物を全部貸してくれたのだ。

寝袋や洗濯の道具、リュックやウィンドブレイカーまで、本格的な旅の道具が揃っている。こんなラッキーな事があるだろうか。1週間前だというのに、旅の準備もろくにできていない私にとって、本当に有り難いことだった。

「はい。腕貸して。これはお守りだよ。いい旅になるといいね！」
そう言って、やよいさんはにっこりと笑う。
私の右腕に、彼女の手作りのミサンガが揺れていた。

「やよいさん、何ってお礼を言っていいのか……。
本当にありがとうございます。私も旅で返していきます……」

旅人はみんな、こんなに優しいのだろうか？
旅に出る前に、彼女からとても大切なことを教えてもらった。
こうして、やよいさんのおかげで、旅支度も整ったのだ。

出発前夜

荷物も詰め終わり、旅に持っていくお金を数える。
海外旅行保険に入って、家賃も払ったら、
結局、1ヶ月で貯まったお金はたった8万円だった。

うう……、これで足りるのかな……。いや、もう仕方がない。
お金がなくなったら、路上で絵を描こう！
少ないお金を握りしめ、腹をくくった。

ピンポーン。

急にチャイムが鳴る。届いたのは、私宛の郵便だった。
こんなギリギリに誰だろう？
届いた小包を見てみると、送り主はあの“まきさん”だった。

中には、旅を応援する手紙と、お守りなどが入っている。

――うわぁ。まきさん、ありがとう。

届いたお守りも手紙も、大切に小さくたたんで鞄のポケットに押し込めた。
一緒に旅をすることにした。小包をみると、まだ奥に何か入っている。

――なんだろう？

ビニール袋に包まれたそれを取り出して開けてみる。
それは少しボロボロになった、ドル紙幣だった。

今はもうない昔の古いお札や、汚れていたり、ボロボロになっているものばかりだ。他にも、チリやボリビア、ペルーのお金も入っている。
まきさんが旅で余ったお金をかき集めてくれたものだった。
それを譲ってくれたのだ。
数えると、自分が貯めた額以上にもなる。

『まほちゃん！ 大きな旅になるね！ いい旅を！』

達筆の、まきさんらしい文字が踊っていた。
歳の離れた旅の友人からの、応援のメッセージだった。

ペルーのことを嬉しそうに話す、まきさんの顔が浮かんだ。
同じ２５歳のまきさんの特別な旅と、ふと重なったような感覚がした。

また丁寧にビニールに包み直し、ドル紙幣をバックパックの奥にそっとしまった。

１ヶ月前はペルーも知らなかったし、お金も思うように貯まらなかった。私一人だったら、ちゃんと出発できなかったかもしれない。

だけど、まきさんや、やよいさんとの出会いが、ペルーまでの道を繋いでくれたのだ。本当に感謝しかなかった。そして この1ヶ月でペルーへと導かれるように着実に準備が整っていくことに、少し戸惑うような不思議な気持ちもあった。

ついに明日は出発の日だった。
しかし、ペルーまでの偶然のピースはまだまだ続いたのだ。

飛行機での前兆

「なっちゃん、行ってきます！」
「まぁちゃん！！ 大きな旅になるよ！ 日本で見守ってるけんね！」

なっちゃんに見送られ、私は恵比寿のアパートをあとにした。
バックパックはたった7キロ。
だけど、背の低い私には、身体半分くらいに思える荷物だ。
成田空港へ行くために電車に乗ると、朝の通勤ラッシュの人たちの冷ややかな視線が痛かった。

いざ出発当日になると、感動はあまりない。
それより今から、「国際線の飛行機」という1番心配なことが待ち受けているのだ。

私は今回が初の海外一人旅だ。
実は1度も、一人で国際便に乗ったことがない。

しかもペルーの飛行機は、日本からの直行便がないため一度アメリカで乗り換えもしなければいけなかった。トランジットというやつだ。

英語もスペイン語も出来ない私は、異国の地で一人で手続きが出来るのか心配でたまらなかった。“空港でよく使う英単語フレーズ”なるものを書き写した紙と、携帯の指差しスペイン語アプリだけが頼りだ。

成田空港に着くと、チェックインを済ます。搭乗口に進むと、アメリカを経由する便なだけあって、日本人の姿がまったく見当たらなかった。

――うわあ。外国人ばっかりだ……。
困ったら誰かに聞こうと思ったのにな……。

機内に案内されて、シートに座る。
前後のシートからは、外国人の大きなおじさんたちがはみだしている。

「あの、すみません」

すると、急に横から声を掛けられた。
振り向くと、日本人のお姉さんが立っている。
「あ、私その隣の席です。あぁ、よかった。日本人同士ですね～！」

何と、隣の席は偶然日本人の女性だったのだ。

「あぁ、よかった。私も外国の方が来るかとドキドキしてたんです！
初めての一人旅で緊張してて」

急に肩の力が抜ける。彼女は以前留学していたカリフォルニアに遊びに行くそうだった。だから英語もペラペラだ。

「初めてなんだ。いいね～。私、留学もしてて少し慣れてるから、よかったら色々教えるよ。まずね、入国審査の紙と税関の紙を書くのは知ってる？」

私は、そんな紙を書くことすらよく分かってなかった。英語の質問が並ぶその紙に、彼女が丁寧に何を書けばいいかを教えてくれる。そして飛行機を降りた後は、英語での入国手続だった。なんと、それも彼女がサポートしてくれたのだ。

本当に助かった。

「ありがとうございます！　いい旅を！」

アメリカが目的地の彼女とはここでお別れだ。彼女とハグをしてお礼を言った。そうして彼女のおかげで、なんとかアメリカまでの飛行機は無事クリアできたのだ。

そして次はついにペルーへの乗り換えの飛行機だった。

搭乗口へ行くと、日本人どころかアジア系の顔もほとんど見なくなった。
言葉も、英語から急に耳慣れないスペイン語へと変わる。
ペルー行きの飛行機に案内されてシートに座ると、
今度はラテン系の彫りの深い顔立ちばかりとなった。

さっきは何てラッキーだったんだろう。
お姉さんは、次の便でも同じことをすれば大丈夫！　と言ってくれた。

だけど急に緊張してくる。
防犯用に腰に巻きつけたパスポートを何度も確認した。
南米は治安が悪いと聞いて、お金も腰のポーチに入れてある。
それもこっそり確認する。

「あの、日本人ですか？」

すると、今度もまた聞き慣れた日本語が聞こえてきたのだ。
振り向くと、また日本人の女性が立っている。

「あ、よかった〜！　日本人全然乗ってないから。私、隣の席です」

「えっ！ そうなんですか！？」

座席の番号をもう一度見返してしまう。番号はもちろん合っていた。
なんと、たまたま隣の席は日本人の女性だったのだ。
しかも名前を聞くと、まきさん、という方だ。
そうゆう偶然は、自分の中でのOKサインだった。

「私は現地のツアーに参加するの。
マチュピチュに行きたくて。バックパッカーなの？ すごいね！」

１０時間近いフライトも、あっという間だった。
彼女と大いに盛り上がり、最後は赤ワインで乾杯してしまった。

飛行機を降りてからの入国審査も、荷物の受け渡しも、日本人二人だと全然怖くない。あんなに心配していた飛行機も、まったく問題なくクリアできたのだった。
飛行機の乗り継ぎでも、ちゃんと導いてくれる“彼女たち”に出会うことができた。なんだか、あまりにもできすぎている。

旅とはこうゆうものなんだろうか？

ペルーまでの全ての道のりが、祝福されているような、誰かの計らいなのか、そうゆうものを感じざるをえなかった。
大きな何かの“前兆”のような、導かれている感覚だった。

そうして、私はやっとペルーまでたどり着いたのだ。

人生は大きな渦のようだ。中心の渦に向かって流れは進んでいる。
そこからそれることもあるけど、それようとする力より、真ん中に戻ろうとする力の方が大きい。だから必ず、私たちは真ん中に戻ってくる。
自分の真ん中に。そして、それを運命と呼ぶのだろう。

自分の真ん中に戻ると、心の底から安心感が湧いてくる。そして、一番自然体で自分の力を最大限発揮することができるんだ。

自分の真ん中から少しそれながら、外へ外へと泳いでいる時。
どんなにバタフライしても、クロールしても少しずつしか前に進まない。
だけど、泳いでいる時、泳いでいる本人は遠くまで進んでいる気がするんだ。
水が口に入り、足をつってはじめて気付く。少ししか進んでなかったことに。そして、自分の運命から、本当の人生から遠くにきてしまったことに。

そして、少し気付くんだ。
「泳ぐのをやめて水の流れに身を任せたら、うまくいくんじゃないか」と。

鬱宣告

2013年春。
東京に出てきてこの会社に入ってから、もうすぐ1年が経とうとしていた。
「あなた、あと1週間もすれば鬱（うつ）になるわよ」
「鬱……？？」

私は、とっさに言われた言葉がよく理解できなかった。

「このまま、今の仕事の仕方を続けていたらね」
パタンと手元で読んでいた資料を閉じると、彼女は視線を私へ移して言った。心配そうに、そして少し呆れたように私を見ていた。

目の前に座っている女性は、医師だった。

“産業医”といって、労働者が健康に働けるよう、指導や助言をする医師のことだ。月に一度、忙しく働く人が多い私の会社へ訪問に来ていたのだ。

華奢な身体のその女性は、医師には見えないくらい可愛らしい人だった。

「全く……、働きすぎよ」

私が回答した、日常生活についてのアンケートに目を通しながら、ため息まじりにもう一度私を見る。

３ヶ月前、私は足のむくみが気になって、その相談のために診察を希望した。だけど、すぐに仕事が忙しい時期に入り、産業医の訪問日程と何度も合わずに、３ヶ月後の今日が診察の日となったのだ。

今更３ヶ月前の足のむくみは、もう気にならない。

――今日の診察は何の意味もない。早く終わらせて次の打ち合わせの準備をしなければ。

そう思いながら診察に臨んでいた。
意味もないと思って受けた診察で、突然言われた言葉が――、

「あと1週間もすれば鬱になるわよ」だったのだ。

「鬱……？ 先生、私、鬱なんかに……」

――鬱なんかにならないですよ。

そう言いかけて、言葉が詰まった。

何で泣いているのか自分でも分からず、涙はもう止まらなくなっていた。
その時になってやっと、私は自分の状態に気付いたんだ。

水が口に入り、足をつって初めて、人は溺れていると気付く。

仕事漬けの日々

私の転職先の会社はIT系のベンチャー企業ということもあって、社員の平均年齢も若く、意識の高い人が多かった。

オフィスはおしゃれでキレイで、会議室が何部屋もあった。出社、退社時間も決まってなく、服装も寝間着以外はオッケーと、とても自由だ。

社員も気さくな人が多かった。
すぐに私のことを「しょーちゃん」とあだ名で呼んで迎え入れてくれた。

みんなそれぞれ仕事を抱え、女性も男性も関係なく、朝まで企画やデザインの戦略を練っていた。

色々なことを学べる環境がそこには揃っていたし、アットホームな雰囲気で、意識の高い仲間もいて、私はこの会社がすぐに大好きになった。
そう、こういう会社に憧れていたんだ。そんな気持ちだった。

私は仕事が楽しくてたまらなかった。
知らないことがたくさんあって、勉強の毎日だったけど、新しいことをどんどん覚えて、出来る事が増えて、目の前の壁を突破していく達成感があった。

金曜日は会社の先輩たちとよく飲みに行った。
仕事で悩んだ時は励ましてくれる仲間がいた。

仕事から帰ったら、
「なっちゃんーー！ おかえりー！ タコBAR行こう！」

まぁちゃんと過ごす最高の時間も待っていた。
いつも仕事のプレッシャーがあったけど、とても楽しかった。
とてもうまくいっていた。

この先どうなりたいのかは未だに分からないけど、私を認めてくれる環境がそこにはあった。

入社から1年が経つと、私は多くの案件を任せてもらえるようになっていた。誰でも知っているような大企業の担当になって、おしゃれなオフィスに打ち合わせに行くことが少し自慢だった。

相棒のまぁちゃんは、2012年の暮れに旅に出てしまった。
それはとても大切な旅だと私も分かっていたから、心から応援していた。

まぁちゃんもいなくなり、年も明け、私はすっかり仕事漬けの毎日だった。
一人で打ち合わせに行くことも増え、コンペも勝てるようになっていた。
毎日企画書を作って、打ち合わせの準備をして、仕事が終わったら、ITの知識を詰め込む。

しなければいけないことが山積みになっていた。

ここ2ヶ月はとくに忙しくて、睡眠時間は2、3時間で、徹夜が2日続くなんてことも普通になっていた。

頑張る分だけ結果が出て、周りも評価してくれたし、プレッシャーがより頑張る気持ちにさせてくれた。

だけど、自分の中ではいつまで経っても、まだまだ足りないことばかりだった。

能力が足りない。努力が足りない。仕事ができない。わからない。

気付けば「わからない」が誰にも言えなくなっていた。
出来ない自分を責め続けていた。

まだ、まだ、まだ、まだ、まだ……。
もっと、もっと、もっと、もっと……。

目の前に越えなければいけない壁がたくさんある。足を止める事はできない。
一旦足を止めると、壁につぶされてしまいそうだったから。
壁は、ずっとずっと越え続けなければいけないんだ。越えられなかった人は、「頑張れない人」として会社や社会からはみ出してしまうから。
そのうち、仕事が終わって朝がくることが怖くなっていた。
仕事がない土日は何も考えられないし、外に出る気力さえなくなっていた。
みんなが私の事をダメなやつと思っているんじゃないかと、過剰に心配する様になっていた。

本当は、少し止まりたい。休みたい。

だけど、そんな自分の心の声に耳を傾ける時間もなかった。
いつも明日やその先にある仕事のことで、頭がいっぱいだった。

もっともっと。
頑張るぞ頑張るぞ。
やるぞやるぞ。

走り続けるしかなかった。

私は、知らないうちに自分の心の声に蓋をして、無理をしていることに気付かないふりをし続けていた。

もう実は限界だったのかもしれない。
３ヶ月前の私の足のむくみが、奇跡的なタイミングで今の私を救ってくれたようだ。

「会社に、早く帰らせるように伝えるから。あなたには休みが必要よ」
涙を止められないまま私は、少し頷いた。

自分の真ん中から少しそれながら、外へ外へと泳いでいる時。
どんなにバタフライしても、クロールしても少しずつしか前に進まない。

だけど、泳いでいる時、泳いでいる本人は、遠くまで進んでいる気がするんだ。
私の診断結果は、すぐに会社に伝わり、その日から私には「８時に帰宅」が義務づけられた。

８時に帰宅できることは、正直嬉しかったけど、
今まで、朝の３時４時まで仕事をしても終わらなかった仕事が、
８時に帰宅して片付くワケがない。
私が抜けてしまって、仕事がまわるはずがない、そう思っていた。

先輩は手分けして仕事をしてくれるというけれど……、本当に８時に帰って大丈夫だろうか……？

そんな不安と疑問を抱きながら、私は８時に帰宅した。

８時帰宅が始まって少しして、私がいなくても何もなかったように、仕事は片付いていた。

――なんだ。私がいなくても会社はちゃんとまわっていくんだ。

何だかビックリした。

私は、絶対に私が必要だから休めない！　と思っていた。
だけど、こうして足を止めることもできたし、会社は何事もなくまわっている。

――私が大事に守っていたものってなんだったんだろう。

自分が無意識に持っていた概念が、少しずつ輪郭（りんかく）を現していく。

『絶対できない。これはこうするもんなんだ』

人は無意識に自分で思い込みを作り出している。
自分だけの思い込みの範囲の中で、物事を選択したり、行動したりしているんだ。

私の周りに見えない囲いがある。
今ではそれがはっきりとあることが分かる。

その囲いを越えるかどうかは自分次第だった。

――私はどんな人生を生きたいんだろう。

自分の心を見つめる時間が出来た今、私はそんなことを考え始めた。
会社に戻ると、また壁を越え続ける日々が始まる。

――私はこの生き方が好きだろうか？
壁を越えた先には何があるのだろうか？

もしも、何も縛りがなく人生を生きられるなら、
私はどんな人生を選ぶだろうか？

二人で仕事をする

今日も８時に退社した。
家への帰り道、ふらっとタコBARに寄ってみる。
最近よく、東京に来たばっかりの頃まぁちゃんと過ごした日々を思い出す。

まだまぁちゃんには、体調を壊していることは言っていなかった。

今頃、まぁちゃんはどこで何をしてるんだろうか。

なんだかとっても懐かしくなって、手帳に入れてあった、まぁちゃんが旅立つときにくれた手紙を久しぶりに取り出した。

これは、東京で二人暮らしを始めてすぐに、まぁちゃんが書いてくれたものだった。手帳に入れていた事をすっかり忘れていた。

まぁちゃんの手書きの文字が懐かしい。

『なっちゃん！ 覚えてますか？ あの日の夜、7月の後半やったかな？ あの本に出逢ってワクワクの話をしたことを！！

あの時、なっちゃんは仕事も恋愛も全部必死で一生懸命やったよね。
フンッフンッて、頑張りよって、でも壊れそうやった気がします。
あの夜、ふたりで描いたビジョンと、あのときの強烈なワクワクが今に繋がったよね！！ なっちゃんは東京に来てから、何だか本当にひた向きで前向きで真っすぐに進んで来たと思う。
素敵な会社に入って素敵な人たちにたくさん会って、ふたりでカフェで語って、考えたら、今って愛おしくて幸せすぎるよね！！

お金もないし、ワガママで先が見えない私を、いつも「信じて」くれて本当に本当にありがとう。

悪さをしても許してくれて、小さい時から、いつも自信のない私になっちゃんだけは声をかけて信じてくれて、だから私は、やっとここまで来れたと思う。今日、昔のなっちゃんのことを思い返してみたら、なっちゃんの変わらない性格って「朗らかさ」と「優しさ」やって事に気付いた。
なっちゃんはよく、「まぁちゃんから愛を学びよん」って言うけど、よく考えたら小さい頃から私に愛を教えてくれたのは、なっちゃんやったなぁって、思い出した。

私たちはひとりやと、よく大事な事を忘れてしまうけど、ふたりやったらずっとずっと忘れんと思う。
ふたりで住んでる今って奇跡やなぁ〜。
お金もないわがままな私と「住もう！」って言ってくれてありがとうなぁ。
ふたりでいっぱい愛を大きくしていこう。
なっちゃんありがとなぁ』

手紙を見ながら、私は涙を手で払った。
この手紙を見るといつも泣いてしまう。

『私たちはひとりやと、よく大事な事を忘れてしまうけど、ふたりやったらずっとずっと忘れんと思う』このフレーズがやけに心に残っていた。

――ふたりで生きることを選んでもいいのかもしれない。
それは一番の私のワクワクだった。

その日は家に帰って、旅に出ているまぁちゃんに電話をかけた。
会社が忙しくて、頑張りすぎて、自分の心に気付けなかったこと。
もう少しで鬱になっていたことを笑って話した。

明るく話した私とは逆に、まぁちゃんの声のトーンはみるみる落ちていった。

「なっちゃん……!!　そんなになるまで働いたらいけん!!　こんな時に一緒におれんで、本当に本当にごめんなぁ……」

電話越しからも、まぁちゃんが涙でぐちゃぐちゃなのが伝わってくる。本当に私のことを心配していた。ぐずぐず泣いたまま、まぁちゃんは私に言った。

「……なっちゃん、……ぐずっ、その会社にはいつまでおるん?　私が帰国したら、一緒に仕事しよーよ!　旅をしながら!」

―― 一緒に仕事??　旅??

「……え〜あははっ!　あと2、3年はおると思うよ〜!　仕事っていっても何するん〜??」冗談かと思って、笑いながら私は応えた。

いつかは絶対に一緒に仕事しよう。

これは、私たちの小学校からの約束だった。

「大人になっても、ずっとワクワクして生きていいっていったら、どうする?」

あの電話のときも、2人で旅をしようと話した。
だけど、それが今のタイミングだと思いもしなかった。
それは、「きっといつか……」の言葉で始まる夢物語だった。

「私には何もないし……」

まぁちゃんは、生まれつき持っている共感覚という音や人に色がついて見えるという感覚があった。旅に出る少し前から、その感覚を使って“人の色を描く”という活動をしていたのだ。

「何言ってるん！ 忘れたん？ なっちゃんは、昔から人のことが分かるやん！ 色は見えんけど同じギフトがあるよ。小さい頃は当たり前やったやん。また一緒にそうやって生きようよ！」

まぁちゃんは本気だった。
確かに、私は色は見えないけど、子どもの頃、顔を見ただけでその人の持っている本質や才能が分かるギフトがあった。だけど、大人になっていくにつれ、その感覚は薄れてしまい、信じることが出来なくなっていた。

「……まぁ、とりあえず考えててよ。絶対楽しいよ」

仕事、無理せんでね、という私を気遣う言葉と一緒に、まぁちゃんは電話を切った。

――二人で仕事。

それが出来たら最高に楽しいと思った。
だけど、同時に“それをするのが無理”な理由がたくさん浮かんでくる。
まぁちゃんの帰国は2ヶ月後だった。

私は1年後に終わる大きなプロジェクトを抱えていて、それまでに仕事を辞めるなんて絶対に無理だった。

お金はどうするの？ 2人の生活費はほとんど私が出していた。
辞めて仕事は何をするの？

最高に楽しそうと思った気持ちは、一瞬のうちに夢物語に消えてしまった。
まぁちゃんは社会人経験がほとんどないからわからないんだ。

そう思うと、もう考えないようにしてその日はひとりの布団に入った。
私はまだ囲いの中から出られないでいた。

chapter 2

変化する心

私の8時帰宅は1ヶ月続いた。

その間、私の中では大きな変化が起こっていた。

自分の心の声に耳を傾けたことで、自分の心に嘘がつけなくなっていた。
「仕方ない。そんなもんだ」と、今まで自分の心に折り合いを付けて終わらせていたことが、もう、できなくなったのだ。

そして、「あ！　私にはこんな気持ちがあったんだ！」と、自分の中にある思い込みや、無意識の「囲い」に気付くようにもなった。
これはとても頻繁（ひんぱん）に起こった。

そうしているうちに、また“人のことが分かる”という感覚が戻って来たのだ。

感覚が戻ってくると、誰にも言っていないはずなのに友だち、会社の人、初対面の人から、次々に悩みを相談されるようになった。

ふらっと京都に一人旅に行った時、初対面で仲良くなった子の相談にのっていたら、それが噂を呼んで、次の日から色んな人が私に相談を持ちかけてくるようになった。

そのうち、とうとう私の宿に訪ねて来る人まで現れたのだ。
最初は不思議に思ったけれど、目の前で人が喜んでくれることはとても嬉しかった。

そして、どんなに悩んでいる人でも、自分を汚いと思っている人でも、みんな大きな可能性を持っていて、それぞれ違う輝きがあるのが私には、はっきりと分かった。

人それぞれの、違う輝きに触れることが、とっても好きだった。
自分の輝きを思い出した瞬間、人はとっても嬉しそうな顔をする。

――私はこうやって生きていきたい……！

１ヶ月の８時帰宅が終わった頃、
私は、まぁちゃんとふたりで仕事をしていくことを決めていた。
お金も、仕事もなんとかなるだろうと、思えるまでになっていた。

だけど、大好きでたくさんお世話になった会社だけは、すぐに！ というわけにはいかず、ちゃんと自分なりに恩返しをして辞めたかった。

まぁちゃんからすぐ辞めろ！！ と急かされる中、
上司と話し合って、「半年後」という期限を決めた。
うまくいくかもわからない。何をするかもまだ決まっていない。先は全く見えないけど、私は自分が選んだ未来にとってもワクワクしていた。

もう、全てにゆだねてみよう。そう思った。

そして、少し気付くんだ。
泳ぐのをやめて水の流れに身を任せたら、うまくいくんじゃないかと。

さよなら

2013年7月29日。

「しょーちゃん遅いよー！！」

その日は私の退職日だった。
部署のみんなが忙しい中、送別会を開いてくれたのだ。
会社からほど近い居酒屋には、部署のみんなが集まっていた。

「ごめんなさいー！！ さっき終わりました！！」

「退職日に、退職表と始末書を一緒に提出したのはおまえが初めてだからな！」

「ごめんなさーい！！」

私は半分笑ってごまかしたが、上司は少し渋い顔をしていた。
退職日が近づくにつれ、仕事でのトラブルがとっても増えていた。
印刷会社から発注したものが届かなかったり、運送屋さんが荷物を積み忘れて必要なパンフレットが届かなかったり。私が防ぎようのないトラブルがたくさん起った。

その日も、大事なイベントで印刷ミスがあったのだ。
何となく理由は分かっていた。

すぐにでもまぁちゃんと仕事をしたいと心では思っていたので、いつも通り会社で働くことが大きな違和感になっていた。それは、時間が経つにつれ増していった。心と違う、違和感があることをすると、現実でトラブルが起こったり、スムーズにいかないんだ。

それは、自分が「渦の真ん中に」戻っていっているからだ。
渦の中心に近づくにつれ、その速度は増していった。

「しょーちゃん頑張ってねー！！ 失敗したら戻ってきて良いんだよー！！」
こんなによくわからない私を、みんなは送り出してくれた。

大好きな上司からもらった言葉を今も覚えている。

『しょーちゃんのこと、最初はなんでもできる器用な子だと思ってた。だけどそれは違った。しょーちゃんはチャレンジャーだったんだ。その自分の信じた道をチャレンジする力は素敵だと思う』

憧れの会社、大好きな仲間、大好きな職場。

今までの全ての出会いは、私をここまで運んできてくれた。
これから、行き先は全部自分の心の中にある。
私はそこを信じ続けるんだ。

さよなら。
ありがとう。

第2話

“人生を変えた旅ペルー”

NAHO & MAHO

EARTH GYPSY

再会

ペルーの首都、リマの空港。
日本を出て30時間程かかっていた。

身体半分ほどの大きさのバックパックを背負い、エントランスへ出る。
時刻は深夜の1時になろうとしていたが、空港は飛行機から降りる人を待つ人達で盛り上がっている。たくさんの人が、抱き合って喜んでいた。

真冬の日本から一転して、初夏に近い気温。
空気が普段と少し違うように感じる。
周りはスペイン語が飛び交っている。まだ言葉ではなく、音にしか聞こえないけれど、スペイン語の独特のテンポは心地よくて好きだった。
タクシーの強引な客引きがうるさい。
なにもかもが新鮮だった。

眠たいはずなのに、**すべての細胞が開くような高揚と興奮と緊張感**で、ワクワクしていた。

まきさんが繋いでくれたリョニーさんが迎えに来てくれているはずだった。
人混みをかき分け、リョニーさんを探す。リョニーさんは顔もよく知らなかった。もちろん携帯も使えない。だけどなんとかなる気がしていた。重たいはずのバックパックを背負ったまま、早歩きになる。
彼に会う事が楽しみで待ちきれない自分に気付く。

すると、私の目の前の少し先を、髭をはやした男性が通り過ぎた。
その一瞬の横顔で、なぜかすぐに分かった。

あれは絶対リョニーさんだ！

「リョニーさん！」

大きな声で彼を呼んだ。彼が振り向く。
まきさんと同い歳だから５０代半ばくらいなはず。
すべてを知っているような深い目と白いひげをたくわえたリョニーさんは、もう少し歳上に見えた。いうならば、年齢不詳だ。
その不思議なオーラはまるでアルケミストそのもののようだった。

「あ〜、よかったぁ。もしかして、マホさん?」

すこし外国語訛りだけれど、柔らかいキレイな日本語。思慮深そうな目が、にこりと細くなる。なぜか懐かしくてたまらなかった。まるで久しぶりにお父さんに会ったような、尊敬と親しみの気持ちが込み上げてくる。

長い飛行機で疲れていたんだろうか? 初めて会うのに、嬉しくてたまらない。
リョニーさんとは、初めましてより、なぜか「再会」したような感覚だった。

大きなバックパックのショルダーを握りしめ、リョニーさんに駆けよった。

「はい! まほです! リョニーさん、こんな遅くに、ありがとうございます。よろしくお願いします」

「ははは。まほさん。元気だね。だけど疲れたでしょう。飛行機が長かったからね。会えて良かった。どうぞよろしく」

そう言ってリョニーさんは、今度は目を合わせ優しく笑ってくれた。握手をしたあとに暖かいハグをくれた。

「さぁ、私の家に行きましょう。車に乗って」

リョニーさんの車に乗り込む。助手席には美しい奥さんも一緒だった。彼女もまた、優しくハグをしてくれる。車は明るく眩しい空港を抜け、街の方へと走りだした。

私はずっと窓から外の景色を見ていた。車の窓から通り過ぎる、夜のリマの景色が、ここは日本じゃないんだと私をハッとさせる。
車の窓を開け、夜の風にあたる。

変な感じだ。私は静かに、噛みしめていた。
ついに旅が、始まったんだ。

家に着くまで、私はずっと窓の外を見ていた。

リョニーさんとの日々

朝、目が覚める。窓のブラインドから朝日が差し込んでいた。
いつもと違う部屋の空気、布団の匂い。

――あれ？ ここどこだ？
一瞬どこにいるのかわからなかった。ぐるりと部屋を見渡す。

そうだ、ペルーだ。私は今ペルーにいるんだ。
だんだんと意識がハッキリしてくる。

昨夜リョニーさんの家へ到着すると、彼は私のために一部屋を用意してくれていた。十畳はあるだろう広いシンプルな部屋に、机とベッド。

ベッドの周りには本がびっしり入った本棚があった。
ドアの横には、大きな絵が飾ってある。油絵だろうか？ 面白いテクスチャーをしていた。宇宙のような場所に、太陽と月があって人が踊っている。なんだか不思議と懐かしい気持ちにさせられる絵だった。

シンプルなこの部屋が私はとても気に入った。

リョニーさんの家は、かなりの豪邸だった。

日本の自分の実家の3倍はあるだろう。
広い庭があり、いくつも部屋がある。お手伝いのおばさんもいた。

大きな窓からはたっぷり光が入り、昼間は部屋中が明るく、心地いい音楽がかかっていた。そしてリビングや階段、あらゆる部屋に、絵や彫刻が飾ってある。

こうしてリョニーさんと過ごす、数日間が始まったのだった。

リョニーさんから学んだこと

リョニーさんは、ペルーのアーティストだった。
舞台や、絵、書道、彫刻、アートプロジェクト、様々な仕事をしていた。東京の代官山にも彼の作品があるらしい。私の部屋にあった絵も、リョニーさんの描いたものだった。

ちょうど長い休暇中だったリョニーさんは、博物館や海やスーパー、彼のアトリエなど、色んなところを案内してくれた。どこも面白くワクワクしたけれど、リョニーさんと話す時間が、なにより楽しみだった。

**彼は経済的に成功しているだけでなく、
その生き方からも「豊かさ」が溢れていた。**

それは、リョニーさんと車に乗っている時の会話だった。

「私の両親は医者でした。私も医者になるか悩みましたが**“ライフスタイル”で決めました**。だから私は医者になるのをやめました」

「え？ “ライフスタイル”ですか？」

驚いて聞き直してしまう。医者になることを、ライフスタイルを理由に辞めてしまうなんて聞いたことがない。

「医者も魅力的でした。でも、いつも同じ場所にいなければいけないでしょ？ 私は、色々な場所に行って、様々な考えの人と会いたかった。そういうライフスタイルで生きたかった。そういう人生にしたかったのです。だから、アーティストを選びました」

彼のしてくれる話は、シンプルだけど、とても重要だった。そのモノの考え方や視点は、いつも私を大切なところへ戻してくれた。

夜寝る前は必ず、リョニーさんから聞いた話を書き留める。美術館でも、食卓でも、車の中でも、私はとにかくリョニーさんの話に夢中だった。

ある日、リョニーさんにいつからアーティストを始めたのか？ と訊いてみた。
すると――「そうですね、7歳の時かな？」という答えが返ってきたのだ。

「7歳から絵を描いていました」
冗談のような、だけれど真面目な口調だった。

――えっと、そうじゃなくて……アーティストという仕事で生計を立てたり、お給料をもらうようになってからはどのくらいなのか……。

と、また詳しく聞こうとして、言うのをやめた。
少し恥ずかしくなったからだ。

なぜお金をもらってからが“その肩書き”になるのだろう？

リョニーさんは7歳から絵を描くのが好きで、今も描いている。
ただそれだけだった。それにたまたま“アーティスト”という名前がついただけなのだ。

そう思うと、何かになるために働くのはおかしいように思えてきた。

私たちは、もう何かになっている。
生まれてから少なくとも、もう“自分”なのだ。

教えるのが好きだったり、スポーツが得意だったり、友達を作るのが上手だったり。それに、いつしか名前がついて仕事になるだけなんだ。
その方がよっぽど本当で、本質的なことのように思えた。

リョニーさんは、とても簡単だけれど、みんながすぐに忘れてしまう大切なことを、忘れずに生きている人だった。

お正月はリョニーさんの親戚と別荘で過ごした。
リマに帰ってからも、リョニーさんと色々なところへ出かけた。
リョニーさんの家に来てから、もう一週間と少しが経っていた。

一人旅への出発

W「リョニーさん、私はそろそろ出発しようと思います！」
ある朝、私はリョニーさんに言った。
私たちがいつも通り、朝日がたっぷり入るリビングで朝食を食べていたときだった。

「おぉ、そうですか。どこに行くんですか？」
「え、えっと。マチュ……ピチュ？ でも見に行こうと思います」

「マチュピチュはいいですね～。行き方は分かりますか？」
「いや、あの……実は地図も何も持ってきてないんです。どこに行くかも、何をするかも、実は何も決めてなくて……」

居心地悪く感じながら、私は正直に答えた。
本当に地図も何も持っていなかったのだ。

旅の目的も、未だによく分からなかった。
でも、明日には次の場所に行きたいと思っていた。

「え！ あははは。面白いですね～。分かりました。ちょっと待ってください」

そう言っておかしそうに笑うと、リョニーさんは朝食の手を止め、紙とペンを持って来る。

「地図がないなら、私が描いてあげましょう」

そして、破ったメモ用紙にサラサラと筆ペンで、一筆書きの地図を描いていった。筆で描かれた太い一本のラインに“クスコ”や“アレキーパ”、“マチュピチュ”など、よく聞く地名を追加していく。

リマからマチュピチュまで、バスで一日かかる距離だと聞いていた。そんな長い道のりが、小さな紙の地図上に一筆書きでさらっと収まってしまっていた。まるで近所のスーパーまでの道のりを描いたような、なんともアバウトな地図だ。その地図に、リョニーさんは、あまり聞いたこともない、普通のガイド本には絶対載ってもいないような、小さな村の名前を記した。
さらに、人の名前らしきものを書いていく。

「この小さな村に、ダンさんというアメリカ人で狂言をやっていた、占星術師の男性がいます」

リョニーさんが地図に書いたある場所を指差し言った。

「えっ！　きょうげん……、せんせいじゅつし？」

聞きなれない単語に一瞬漢字が浮かばない。
“ダンさん”アメリカ人で、狂言師で、占星術師。
ただ者ではなさそうだ。

「マチュピチュに行った後にでも、彼に会ってみてください。帰り道なので。友人のマホさんが行くと、伝えておきますよ」

「はい」と、今出来たばかりの地図を手渡される。
なんだかその地図を見ると、言いようのないワクワクが込み上げてきた。

「はい。行ってみます。リョニーさん、ありがとう！」

「ダンさん」と「その小さな村」の横にボールペンで☆印をつける。
目的地は、マチュピチュと、そして小さな村にいる「ダンさん」。

「ここはあなたの家です。いつでも戻っておいで」

次の日、リョニーさんは初めて来た時と同じように、暖かく送り出してくれた。そうしてお世話になったリョニーさんの家を出発した。

一枚の地図を頼りに私の一人旅が始まったのだ。

不思議な夢

マチュピチュの観光には予約が必要らしく、登山の入場チケットを買うため、私はリマから長距離バスに乗ってクスコへ向かった。クスコは、世界遺産に登録されるほど美しい街らしい。
バスではほぼ1日かかる。

お客は少なく、バスの大きな窓の横は私の特等席だった。
大きな窓から見える景色がくるくると変わっていく。
それをひたすら眺めていた。

ペルーは砂漠やアマゾン、高原など、様々な顔を持つ。
気候も気温も場所によって全然違うようだった。

バスの旅は、長い。シートを思い切り倒して、配られたブランケットをかける。
大きな窓からは、雲がかかった青い空だけが見える。

バスの揺れに、いつの間にかうとうとと眠たくなった。
窓の外から、だんだんと建物が消え、砂漠のような景色に変わっていく。
寝ぼけまなこの、夢のような気分で、横目で景色が移ろうのを見ていた。
窓の外の色がなんだか変わっていくようだ。
うつらうつら、バスは私を運んで行く。

寝たり起きたり現実と夢を行き来していた。
眠たい。心地よい眠りだ。
少し目が覚めたときには、
薄茶色の砂漠に、もう夕日が落ちていた。
ポツンポツンと家や建物も見える。

なんだか絵本の物語のような、そんな世界だった。
そしていつのまにか、また深く眠っていた。

そして私は夢を見ていた。

それは、とても**不思議で印象的な夢**だった。

chapter 2

そこは丘だった。
緑の、大きく開けた丘に、茶色い肌をした男の子。
椅子に座っている。

髪の毛はくるくるで、目がかわいい。
そしてその子が、私に詩を教えてくれるのだ。

何度か繰り返されたのか、ハッキリ頭に残っていた。

許してください
許してください

私は実を食べ草をちぎり
牛や鳥を殺めます。

こんな小さな身体さえ
生きたいと
他の生きたいとする命を
殺します。

許してください
許してください

笑い踊り
ピースを歌いながら
沢山の命を
食べることを。

それでも人が死ぬと
悲しい悲しいと
涙を枯らす。

許してください
許してください

許し難い彼のことを。
好きと言いながら
この恨む気持ちを。

許してください
許してください

母のことを。
理不尽に怒られた事も
こんなにも愛され
まだ愛されたいと
思う気持ちを。

許してください
許してください

そんなちっぽけな
自分のことを。

そんな許せない私を
どうか私は

許してください。

ありがとう
愛しています
ごめんなさい
感謝します

どうかどうか

許してください。

私に愛を
生きるを
教えてください。

ガタガタッ……！！
バスが急に揺れた。強い揺れに、突然振り起こされ目が覚める。

車内は、電気が消され真っ暗になっていた。窓はいつのまにかカーテンがかかっている。他の乗客の寝息が聞こえる。カーテンの隙間から、そっと外を覗いた。空に星がポツポツと出ていた。

窓には私の顔が反射して、外が見えにくい。
でもまだ薄茶色の砂の道が続いているのが見えた。

――夢か。

どちらが夢かよく分からないまま、ポケットに入れた携帯を取り出す。そのまま、携帯にさっきの詩をメモした。

まだハッキリ覚えていた。
まるで、耳元で教えてもらったかのようだ。
書き終わると、そのままポケットに携帯をしまう。

窓の間から、外の風が少しだけ、ひんやりと入ってきた。
不思議な夢だった。こんな夢、今まで見たことがない。
ぼんやり思いながら、またうつらうつらと眠りに入っていく。

ガタガタと車体を揺らしながら、バスはまだ走る。
バスは長い長い道のりを、不思議な夢とともに、私をクスコまで運んでいった。

クスコから、旅が変わるような気がした。
そんな予感だけがやってきた。

ケイシーとアキラ

「あー！　よく来たね！　よく分かったね〜。分かりづらかったでしょ」
「はい！　朝早くすみません。まきさんから紹介されて来ました」
私はクスコの日本人オーナーの宿を訪ねていた。まきさんが２５歳の旅のとき、お世話になった宿だ。朝早いのに、オーナーは快く宿に入れてくれた。

クスコの街は、ヨーロッパの雰囲気が漂う素敵な街だった。教会やセントロ、商業的で雑多なお店を、ぐるりと大きな山が囲んでいる。 ※セントロ＝街の中心地

そのおかげで観光地なのに柔らかい風が吹いていた。

「まほちゃんは、どれくらい泊まるの？」
「えっと〜……多分１週間位です！」

旅の計画はもちろんなかった。
なんとなくの日にちを、とりあえずオーナーに伝える。
彼女も元旅人だ。その辺の融通は利かせてくれるだろう。

宿泊客は、私一人だった。彼女はベッドの２つある、木で出来たかわいい部屋に案内してくれた。荷物を置いて、早速セントロへ出ることにした。初めて、本当に一人で行動する。

ようやく一人旅が始まった！ そんな感覚だった。

心のなかはワクワクでいっぱいだった。
どんな素敵な出会いが待っているだろう！

……の、はずだった。

「――なっちゃん！！ 分かんない。何でここにいるのか、何のために旅に出たのか。分かんない。分かんないよ！！」

クスコについて２日後、私は泣きべそをかきながら“スターバックス”にいた。
それは安旅バックパッカーの中では、ご法度とされる“逃げ場所”だった。

スターバックスでWi-Fiを拾い、
日本にいるなっちゃんに半泣きで電話をかける。

ペルーの物価は日本の3分の1だけど、「絶対値引きはしません」というスターバックスの経営戦略のもと、キャラメルフラペチーノは日本と同じ価格だった。

『旅先で“スターバックス”に行くやつは、負けだ』
出発前に他の旅人から聞いていた言葉を思い出す。

……あ、それ今の私だ。
最高に情けない、敗北バックパッカー。

クスコへ到着してようやく本格的な一人旅が始まった。
最初はまだ楽しかった。宿から一人歩いてセントロでペルー料理を食べたり、ペルーのおみやげ屋を覗いたりした。見るもの全てが目新しくて新鮮だった。

しかし、3日目の朝、目覚めると、私の中で大きな疑問がやってきたのだ。

――**あれ？ 私、何のために旅に出たんだっけ？**

そしてその疑問の波は、私を大きく飲み込んでしまった。
“ペルーに行く”そう決めてから目印があるかのように、必ず必要な“出会い”があった。

それは、行くべき場所に、ちゃんと私を運んでくれる“前兆”だった。
だけど今、クスコの街を歩いても、ピンとくる人に誰にも会わない。
まず、日本人に一人も会わないのだ。そして“前兆”らしきものが、全く見当たらなかった。

見知らぬ街を歩くだけで刺激的なはずだけれど、“充実感”や“ワクワクする”ような思いは、全く湧いてこない。旅なら、“観光”にでも行くものだろう。そう思ってツアー会社を覗いてみるものの、全く心は動かない。まるで振り出しに戻ったような気分だった。

どうしていいか分からなかった。

思えば謎の勘と、本の主人公と同じ誕生日というだけでペルーに来たのだ。
最初から私の旅の目的はよく分からなかった。

そうなると、急に怖くなる。

入ったお店屋のメニューも訳の分からないスペイン語。
話しかけられても言葉が分からないからコミュニケーションがとれない。道も聞けない、タクシーにも乗れない。
そして“怖い”という思いのまま街を歩くと、全然いいことがなかった。

むしろ、悪い事ばかり起こる。

ヒッピーにお金をせびられたり、
物乞いのおじさんにしつこく追いかけられたり。

そして逃げるようにして入ったのは、あの馴染みのロゴマーク“スターバックス”だったのだ。なっちゃんに溜まりに溜まった弱音を聞いてもらい、そして電話を切った。キャラメルフラペチーノを持ったまま、涙目でボーっと一点を見つめていた。旅に出た後悔すら湧いていた。

「Maho? Hola!」 ※「hola」はスペイン語で「こんにちは」の意。

「あ！」

急に名前を呼ばれ顔を上げる。そこにはカップルが立っていた。
クルクルの髪のアニーみたいなブラジル人の女の子と、いかにも旅人、という感じのイタリア人の男の子。

ケイシーとアキラだ！ 名前を思い出した。
昨日もこのスタバで会ったんだ。ふたりは小さなクッキーを半分こしている。お金を節約しているのだろう。Wi-Fiを使いに来たみたいだった。

その時、私をチラチラ見ながらアキラが言った。
「まほ、いつもここにいるね」
ケイシーとアキラは、顔を見合わせてニヤニヤ笑った。

言葉はよく分からないけれど、その行動、空気、表情、間（ま）、すべてに、カッチーンときた。馬鹿にされているのが分かる。

頭に血が上るような感覚。恥ずかしさ。情けなさ。怒り。
全部が同時にやって来た。
それから彼らは私にスペイン語と英語を駆使しながら
なにやらアドバイスらしきものをし始めた。

「もっとスペイン語勉強しろ」とか、
「外に出てバーに行け」とか、
「ツアーに参加しろ」とか。

言葉が速くてよく分からない。
でも単語単語をつなげると、そんなことを言っているのが分かる。
だけれどもう、とにかく腹が立ってそんなの聞けなかった。
アドバイスなんて、余計なお世話だ！！　という感じだ。

でも語学の出来ない負い目か、悔しいことに、私はヘラヘラと愛想笑いを浮かべ、適当な相槌（あいづち）しか打てない。

とにかくその場をやりすごした。
二人が早く目の前から消えてくれるのを待っていた。
少しして、気が済んだのか彼らはクッキーを食べ終わり、ササッと用事を済ませ、お店を出ていった。

イチャイチャする２人の後ろ姿がドアの向こうに消えていく。

その途端、また我慢していた怒り、いいようのない感情、
悔しさ、全部が渦巻いて込み上がってきた。
こんな感情久しぶりだった。

ケイシーとアキラに腹が立った。
でも知っていた。本当は自分に腹が立っていたんだ。

情けなくて、悔しくて、仕方なかった。

言葉が話せないのも、怖くて動けないのも、
何をしていいかわからないのも、全部嫌だった。

それから、その場で紙とノートを広げ、指さしスペイン語アプリに書いている単語を全部ノートに書き写した。よく使う注文のフレーズ、挨拶、年齢や名前の聞き方、道の訪ね方、そうゆうのは何度も書いた。今すぐ使えるやつだ。とにかく頭につめこんだ。書いて書いて、書きまくった。

単語が終わると、今度は自分が何にワクワクするのか、一体何が楽しいのか、それも書いてみる。

言葉も分からないし、自分のことも分からない。
一体何なんだ。

書くというより、書きなぐる。
“ワクワク”だけじゃない、自分の心の中を全部、
不安や心配、思ったこと全部。
ノートいっぱいに文字が埋まっていった。

悔しくて涙がポロポロ落ちる。それにもまた腹が立つ。

やっと気が済んだ頃には、日が落ちて暗くなり始めていた。

私は泣きはらした後のように、目と頭が鈍く重たかった。

アンパンマンマーチ

ノートとペンをバックに放り込み、宿まで歩いて帰った。
黙々と、日が落ちた道を歩く。宿に着くと、夕飯を作ってオーナーが待っていてくれた。

「今日は遅かったね！ まほちゃん、後どれくらい泊まる？」

今は何も考えられなかった。適当にあと3日と伝える。

悔しさや怒りが一周まわり、放心状態だった。
――何のために旅に出たんだろう？
まだ、その答えは見つからなかった。

食堂のTVからは日本の番組が流れていた。
ご飯を口に運びながら、無感情でテレビを見る。
その番組では、『アンパンマン』の特集をしていた。
何も考えず、ただテレビの画面、音が勝手に流れるままにしていた。

テレビからは昔よく聞いた『アンパンマンマーチ』が流れてくる。
懐かしい、子供の頃から知っているあのリズムだ。ついつい口ずさみたくなる。

歌は一旦終わり、CMに入った。
日本のキャッチーなCMが次々入れ変わっていく。
その時、私の中では変化が起こっていた。
こころが、大きく揺さぶられていた。

これだ……！！

頭がしびれる。
そのまま、急いで食事を片付け自分の部屋に戻った。
ベッドに飛び込み、ノートとペンを出す。
携帯でアンパンマンマーチの歌詞を検索した。
さっき流れていた歌の歌詞だ。

そして歌詞の一部を、ノートの表紙に思いっきり書いた。

なんのために生まれて なにをして生きるのか
こたえられないなんて そんなのはいやだ！

なにが君のしあわせ なにをしてよろこぶ
わからないままおわる そんなのはいやだ！

こころの奥底で、何か強烈な震えがやって来た。
ワクワクの渦が、また腹の底から上がってくる。

「ペルーに行く」そう“決めた時”から物事は動いていった。
そして“前兆”が、私をその場所まで運んでくれた。

――何で旅に出たのか？

クスコに来て、その答えをずっと探していた。
でもそれは、自分でまた決めないといけなかったんだ。
そうじゃないと、人生は動かないんだ。

心の底から望んだことは、必ず“前兆”がやってきて
そこまで行く手がかりを教えてくれるんだ。

私が心の底から望むもの

ノートに書いた文章を見つめる。
「私は“何の為に生まれて 何をして生きるのか”旅が終わったら、それを知っていたい。それを見つけるために、旅をするんだ！」

その答えは、思ってみれば、今初めて見つけたものではなかった。
旅をするずっと前から、いや、もっと前、生まれた時からかもしれない。心の奥の奥の方にあって、ずっと探していた問いだということに気が付いた。

ノートの文章の横に、太陽と月のマークを描き加える。
ペルーのインカでよく見る神様だ。“インティ”と“ルナ”だった。

ノートを閉じても、表紙に書かれたその文章と、インティとルナだけはしっかりとこちらを見ていた。ベッドに入っても不安の波はもう襲ってこなかった。その代わり、心の真ん中が熱く、明日の朝が来るのが楽しみだった。

――明日はマチュピチュへ行く手配をしよう。

自分の心の中にその一言が浮かんできた。
そして次の日から、私の旅は、ガラリと変わったのだ。

第3話

“マチュピチュの予言”

NAHO & MAHO

EARTH GYPSY

一人で行かないで

「今日マチュピチュのチケットを買いに行って来ます！」
宿のオーナーに元気よく宣言する。
珍しく朝早くに目が覚めた。
お昼になる前にはもう外に出る用意も出来ていた。

マチュピチュはチケットを買わないと入れない。
しかも、ここクスコからはマチュピチュ行きの電車の為のチケットも必要だ。スペイン語が出来ない私は、ずっとその手続きをするのが怖くて、行けずじまいだったのだ。だけどそんなことを言っている場合じゃない。

旅は自分で動かないと始まらないんだ。

インターネットで、チケットが買える場所と必要なスペイン語だけをメモして、いつものノートをカバンに入れた。

「本当に一人で大丈夫？？ これ、クスコの地図だよ。必要なところは丸しておいたから。あと、パスポート持った？ お金も結構かかるよ！ 気をつけてね」

心配そうに、宿のオーナーは地図を渡してくれる。マチュピチュのチケットと、電車のチケットの買える場所に丸の印がしてあった。

「うん！ ありがとう！ 大丈夫！ 行ってきます！」
そしてクスコのセントロに向けて宿を出ようとした。

と、そのときだった。カバンに入れていた携帯が震えた。
宿のWi-Fiが急に入ったみたいだ。携帯の通話のアプリが光っている。

着信は日本にいる双子のなっちゃんからだった。
もう、せっかく行こうと思ったのに。

一瞬無視して行こうか迷ったけれど、なんとなく、電話をとることにした。

日本からの電話を取れるなんて滅多にない。時差があるせいで、いつもこちらからかけるか、履歴を残してかけ直してくれるのを待つのが普通だった。

「もしもし、なっちゃん？」
「あ！　まぁちゃん！　よかった〜。どう？ もう悩んでない？」
「うん！　もう大丈夫！　色々ありがとう」

そういえば、なっちゃんとはスタバで泣き言の電話をしてから話していなかった。

「どうしたの？ 何かあった？」
「あのね、いい忘れてたんだけどどうしても気になって。少し前に不思議な夢を見たんよ」
「え……？ 夢？」

そのとき、クスコへ行くバスの中で見たあの夢のことを鮮明に思い出した。
そういえば、私も不思議な夢を見ていたんだ。

「もしかして……許してください、許してください……？」

「え！！！！　そう！！　それだよ！　クルクルの茶色い肌の男の子！　え？？ 何で知ってるの？？ それ何か有名な詩なの？？」

なっちゃんはビックリしていた。私も頭がついていかない。

「ちょ、ちょっと待って。詩をメモしたから！」

そして慌てて携帯のメモを開いて、その時の夢で教えてもらった詩を読んだ。

「そう！　そうだよ、その詩だよ！　丘なんだよね。広い丘でその詩を教えてもらうの」

なっちゃんは、私が言う前にどんどん私の見た夢を言ってしまう。
細いところまで一緒だった。

「じゃあ、同じ夢を見たってこと？？」

よく聞くと、その夢を見た日にちも時間も一緒だったのだ。
まるで小さい頃みたいだ。小さい頃はよく同じ夢を見たり、じゃんけんをずっと“あいこ”に出来たり、そんなの当たり前だった。
ペルーと日本の電話越しに、不思議で懐かしい空気が流れた。

「不思議だね～。こんなこと最近はなかったのにね」
「本当だね。まだ信じられないな。すごく印象的な夢だったよね。
でもなんかね、その夢を見た後、クスコから旅が変わる気がしたんだよ」

クスコ行きのバスから見た、砂漠に落ちる夕日や星を思い出した。
まるで絵本の中みたいだった。
そして夢の中で教えてもらった不思議な詩。
小さい頃に戻ったみたいだ。

「まぁちゃん今日は何するの？」なっちゃんが質問する。
「あのね！ ついにマチュピチュのチケットを買いに行くんだよ！！」

私は得意気に答えた。
この前までなっちゃんに泣きべそしか言ってなかった。
だから、悩みから抜けて、少しは旅らしくなったのを自慢したかったのだ。
すると、なっちゃんからは予想外の言葉が返ってきた。

それが私の旅をガラリと変えてしまうことになる。

「待って！ マチュピチュに一人で行かないで！」

「え……！？」

――マチュピチュには一人で行かないで？

「マチュピチュに一人で行かないで。絶対タイミングが来るから、それに乗って。マチュピチュからが、まぁちゃんの転機になるよ！」

ドクン！ 胸の奥が鳴った。

頭は混乱しているのに、身体は鳥肌が立っていた。
そういえば友達がふざけて言っていたな。

鳥肌は嘘つかない。

こんな時に思い出した。

「え！？ え？？ でも……」

「何かそんな気がするの。とにかく、一人で行かないでね！ 絶対すぐタイミングが来るから」

――ブツッ。

なっちゃんはそう言い残して、混乱する私を置いてあっさり電話を切ってしまった。残された私は、電話を持って思考停止している。

一人で行かないで？ タイミングが来るから？
なっちゃんの言葉を繰り返す。

頭では"そんな馬鹿な"と思っているけれど、不思議な夢の流れも手伝って、心のどこかでは"そうかもしれない"と納得している自分もいた。
頭と心がチグハグになって混乱しているような、妙な感じだった。

でもカバンには、マチュピチュのチケットを買う準備がバッチリされてある。
あのノートも入っている。旅は動かないと始まらないんだ。
混乱したまま、宿のドアを開けた。とにかく、動いてみよう。

そしてなっちゃんの不思議な予言から、新しい旅の1日が幕を開けた。

第4話

“ルカとの出会い”

NAHO & MAHO

EARTH GYPSY

chapter 2

マチュピチュに行くタイミング

クスコの街は快晴だった。
青い大きな空と、街をくるりと囲む山が気持ちがいい。
私は地図を見ながら、とりあえずマチュピチュ行きの電車のチケットが買える場所を見に行くことにした。

クスコの街は石造りの狭い道が続いている。道の両側では、お土産屋さんや食堂がぎゅうぎゅうに並んでいた。

「ヤスイヨー！　トモダチー！　ハポン！」

客引きたちの変な日本語をくぐりぬけ、細い路地を抜けていく。
チケット売り場まで、まだかなり歩かないといけない。

方向音痴の私は、何度も地図を確認しては、カバンにしまった。地図を持って歩いていると初心者だとバレて狙われる、そんな噂があったからだ。

小道も終わり、ようやく人通りの大きな道に出ると、そこは観光客や地元の人で賑わっていた。

そのとき、男の子とすれ違った。
ボロボロの色あせた青いレインパーカーに、ツバのついたニット帽。
いかにも“旅人”という格好をしている。

——あれ？　日本人……？？

チラリと見た横顔は、深く帽子を被っていて、そしてよく日焼けしているのもあって国籍が分からない。そのまま通り過ぎてしまう。すると、後ろから少し遅れた挨拶が聞こえた。

「こんにちわーっ」

ハッと振り返る。その後ろ姿はもう、1ブロック先まで進んでいた。

――日本語だ！ 日本人だ！

クスコの街で初めて会う日本人だった。
気付いたら、私は走って彼を追いかけていた。

「あの！！ もしかして日本人ですか！」
追いついた背中に、思い切り声をかける。

「ウッアっ！ ビックリしたーっ！」
物凄く驚いた声を上げて、彼は振り向いて止まった。
すごく驚かしてしまったようだ。

「あ、す、すみません。こんにちわーって聞こえたんで、日本人だって思って。この街で初めて日本人に会いました！」

「あぁ、ほんとっすか。ビックリしたー。俺もさっき着いたんですよ」
彼は少しスレたような話し方をした。

きちんと顔を見ると、彼はちゃんと日本人だと分かった。
随分背が高くて、見上げるように話さないといけない。
真っ黒に焼けた顔に、大きな目。深く被った帽子からは、鼻筋が通っていて彫りの深いキレイな顔が覗いていた。

私はというと、彼のあまり乗り気でない態度も気にならないくらい、とにかく久しぶりの日本人に興奮していた。もう誰でもいい！ なんて、失礼な話だけれど、とにかく日本人と話したかった。

「あ、あの、どのくらい旅をしてるんですか？」
とりあえず会話をつなぐ。

「あぁ、今日でちょうど1年なんすよ。南米ばっかりずっと旅してて。お姉さんは？ 最近でしょ。服が新しいもんね」

彼はそう言うと、私の着ているパーカーと靴をジロリと見た。
何だかまだキレイなのが、少し恥ずかしくなる。彼の服は大分年季が入っている。というか、もうかなりボロボロだ。相当ガチな旅人なんだろう。

「1年も南米！　すごいですね！　えっと、何しにクスコに来たんですか？」
なんとなくした当り障りのない質問。

しかし、それはもしかしたら前兆だったのかもしれない。
彼の口から思わぬ言葉が出たのだ。

「実はあんまり遺跡とか行かないんだけど。何でかマチュピチュだけは行こうと思って。お姉さん、マチュピチュまでの情報持ってないすか？　俺、携帯もパソコンも本も何も持ってなくて、どう行くか知らないんですよ」

その途端、自分が今まさにマチュピチュ行きのチケット売り場に行こうとしていたのを思い出した。

『マチュピチュに一人で行かないで』
今朝のなっちゃんの言葉がよぎる。
『絶対タイミングが来るから。それに乗って！』

えっ？　あれ？　これってまさか……。
でも“そのタイミング”ってこんなに早く来るの！？
それは宿を出て1時間も経たずに起きた出来事だった。
でも私のカバンには、確かにマチュピチュ行きの情報が全部入っている。
彼は、今日で旅が1年目とも言っていた。

重なる偶然。久しぶりに“前兆”に出会ったような気がした。
鼓動（こどう）が早くなる。

「は、はい！　行き方、全部知ってます。というか、今チケット売り場に行こうとしてて」

「え？？　ほんとに？？　うわぁ、ラッキー！
じゃあ、俺もチケット一緒に買いに行っていいですか？」

私は何だかワクワクしていた。

なっちゃんの予言が、当たったのかどうなのかはよく分からない。
だけれど、この面白い流れに思い切り流されたくなった。
また、逆らえない波が私をさらって行くような、そんな感覚がやってきた。

「あの！ どうせなら、一緒にマチュピチュ行きませんか？」
いつもなら躊躇(ちゅうちょ)しそうな言葉が、私の口から迷いなく出ていた。

彼はそれを聞くと、よく日に焼けた顔でニカッと笑った。
彼の笑顔はなかなか可愛らしかった。

『マチュピチュからが、まぁちゃんの転機になるよ！』
なっちゃんの謎の大予言が聞こえてくる。

そうして私は、ついさっき出会った男の子と旅をすることになっていた。
数時間前では考えられない。

「俺はルカ。よろしく」
「あ、私はまほです。こちらこそ、よろしく！」

出された右手を、私も強く握った。真っ黒に焼けた彼の手の甲と、まだ真っ白な私の手。私たちは強く握手を交わした。また彼は目を小さくしてクシャっと笑う。

初めて旅の仲間が出来てしまった。

彼の名前は“ルカ”。特徴的な名前ですぐ覚えた。
東京生まれ。私より少しだけ年上だ。
長く働いた会社を辞めて、貯めたお金で世界一周の旅に出ていた。
期間は5年らしい。そして、今日はちょうど1年目。

彼はなかなか面白い旅をしていた。好きな土地に住んでみたり、現地のヒッピーと自給自足をしたり、ゲストハウスで働いてみたり。
そうしながらメキシコからゆっくりと南下してきたそうだ。

真っ黒に焼けた顔は、
背が高いのもあって、よく見ないと日本人には見えない。
それが、初めて出来た、ちょっと無愛想な旅の相棒だった。

そうして私たちはそのまますぐ、マチュピチュのチケットと、マチュピチュ行きの電車のチケットを買いに出発した。心配していたスペイン語の受付も、スペイン語がペラペラなルカがやってくれる。スペイン語が難しいところは、彼は英語で対応していた。アメリカに留学もしていたらしい。英語はもっと流暢だった。最強の相棒を手に入れた気分だ。

そうして全てのチケットを買い終わった頃には、クスコの街はもうすっかり薄暗くなってしまっていた。日の落ちたクスコの街は、太陽から街明かりへと変わっていた。賑やかなセントロまでゆっくり歩きながら話す。

夕方のクスコは、もう一枚羽織らないとかなり肌寒かった。
肩をすぼめながら二人で歩いた。

「えっ？　マジかよ。じゃあ、まほちゃん、このペルー人から書いてもらった地図だけで旅してんの？　他に地図ないの？　ってかペルーも本の主人公と同じ誕生日ってだけで決めちゃったの？」

「う、うん……」

ルカは呆れたのか感心しているのか、驚いたように何度も質問してくる。リョニーさんに描いてもらった一筆書きの地図を、不思議そうに見ていた。とりあえず私は、この1年で起こったことや、人の色を描くこと、旅に出た理由などを説明していた。

初めて出来た旅の相棒だ。ちゃんと全部話しておかないと。

「はは。俺も結構変わった旅してると思ってたけど、まほちゃんも違う意味で、かなりヤバイね」

一体何が“違う意味”で、何が“かなりヤバイ”のかよくわからなかったけれど。ルカは笑っていた。そして、今度は私がルカに質問する番だ。聞きたいことなんて山ほどある。

「じゃあ、ルカはなんで旅をしようと思ったの？」
背の高いルカを見上げながら話す。

「え、う〜……ん。本当の自由を知りたかった、からかな。南米って、自由だーっ！ って感じじゃん。日本って窮屈だし。南米の雰囲気大好きなんだよね」

「へ〜。そっかぁ」

ルカの言う通り、彼を見ていると本当に旅が好きなことが分かる。
旅で身につけたスペイン語で、路上のおばさんやヒッピーたちと気さくに話をしていた。その時の彼はとてもいい顔をしている。
ペルーの空気に、彼の気質がとても合っている気がした。

「じゃあ、何でペルーなの？？ 何でクスコにいるの？」
また私が重ねて質問する。

「え……。それは、マチュピチュがあるから……」
「え？ ふ〜ん。でも遺跡に興味ないって言ってなかったっけ？」

ルカは自分の経歴みたいなことはよく話してくれるのに、ペルーに来た理由は、何だか誤魔化している節があった。そしてペルーには、なんとなく来ているというより、何かを探しているような、ちゃんと目的があるような、そんな感じがした。私の勘だけれど。

「まぁいいじゃん。まほちゃん！ ほら、明日ここだよ。この下に集合ね。OK？」

結局、質問ははぐらかされたまま、私たちはセントロに到着してしまった。
セントロの、噴水のベンチの前を指差しながら彼は言う。
明日から、クスコを出てマチュピチュに出発するのだ。

そしてルカは、クスコの乱暴な車をうまく遮りながら道路を渡っていく。

私のことなんておかまいなしに、サッサと自分の宿の方に歩いていた。
歩くのが早いルカは、あっという間に細い坂道を上がっていく。

「あ！　ルカ！　バイバイ！　明日ね！」

私は慌ててさよならを言った。ルカは後ろも振り返らずに、背中越しに適当に手を上げるのが見える。バイバイのつもりなんだろう。少し取っつきにくい、何だか不思議な相棒が出来てしまった。

ルカの背中が坂道に消えるまで、彼の姿をぼーっと眺めていた。
クスコの街が、今までと少し違う風に見える。つい最近まで私にとってこの街は、不安で寂しくて孤独な街だった。でも今は新しい冒険が始まるような、ワクワクするそんな場所だった。私の気持ちに応えるように、夜のクスコの街はキラキラと輝いている。

私はリョニーさんに描いてもらった地図をもう一度取り出してみる。
その地図は、大切にノートの間にはさんであった。
ノートの表紙に書いた言葉が、嫌でも目に飛び込んでくる。

なんのために生まれて　なにをして生きるのか
こたえられないなんて　そんなのはいやだ！

これが、私の旅の目的か。まるで他の誰かが随分前に書いたような、不思議な気持ちだった。ノートと地図を丁寧にカバンにしまって、私も自分の宿へと歩き出した。空はうっすらとオリオン座が出ている。
明日は、ついにマチュピチュに出発だ。

マチュピチュ村

「**マチュピチュって、行ったあと不思議なことが起こる**って、旅人の中で言われてるんだよ。知ってる？」
「えっ……？　なんて？」

電車は渓谷（けいこく）の間をガタガタと揺れながら走る。

マチュピチュへ行く専用の電車だった。
急に言われたルカの言葉がよく聞き取れなかった。

「そんなこと言うの、一部の旅人だけだと思うけど」
そう言って、ふいっとルカは窓の方に向き直す。

乗り物が好きなルカは、ずっと窓の外ばかり見ていた。山と山の間を走るその車窓（しゃそう）は切り立った崖の岩肌や緑の木々など壮大な景色を映している。

マチュピチュのあと不思議なことが起こる？

そのルカの言葉はなっちゃんの言葉とも重なる気がした。
そう言えばマチュピチュが転機になるって言っていたな……。
ルカとの出会いですっかり忘れていた。

すぐ乗り物酔いをする私は、少し気分が悪い。
電車の揺れに身を任せて、椅子にもたれて半分眠っていた。
どれくらい経っただろう。トントンと肩を叩かれ目が覚める。

ルカはもう横にいなかった。立ち上がって自分の荷物を取る後ろ姿が見える。外の景色はすっかり静止して、山間の緑の多い景色から、駅に変わっていた。マチュピチュ村に着いたようだった。私も荷物を拾い上げ、慌てて彼の後ろ姿を追いかけ電車を降りた。

電車を降りると、そこはいかにも観光地という風景が待っていた。
豪華なホテル、賑（にぎ）やかなおみやげ屋さん。そしてマチュピチュ目当ての、色んな国からの観光客。雨季だというのに、なかなかの人だ。

「とりあえずホテルを探そうか」

ルカはそう言うと坂を歩き出した。
私たちのホテル探しは現地で歩いて探すスタイルだ。傾斜が急な坂道を、バックパックを背負ったままヨタヨタと登っていく。

急な狭い坂道の周りを、派手なレストランがここぞとばかり並んでいた。
マチュピチュ村は物価も急に高くなる。客引きも観光客慣れしている。観光地になると急に、村全体がカラフルになるのだ。
人々の勢いのあるエネルギーが村を彩っていた。

どんどん坂を登っていくと、ホテルに入る人の数も落ち着いてくる。
みんな坂がキツくて、坂の下の方にあるホテルへと入っていくようだった。

「あ、ここいいんじゃない？」

ホテル選びは、私のほうが得意だ。それは長い坂を上がったところの、レストランの奥に隠れるようにある宿だった。まぁ、ルカは寝れさえずればどこでもいいのだろうけど。

「Adelante! Adelante!（入って入って！）」

気さくなペルー人のスタッフに、案内されるまま中に入っていく。ホテルは一度部屋を見せてもらってから、泊まるかどうかを決めるのだ。

中に入ると、古びた外装と違って中は小綺麗で可愛い作りだった。階段の途中のおどりばには、ソファーと机が用意されている。
可愛い布もかかっていた。ここでゆっくりできそうだ。

そしてその奥にあるのが私たちの部屋だった。
黄緑色のカバーがかかったベッドが２つ置いてある。
トイレやシャワーもちゃんとついていた。お湯も出る。

なかなか立派な宿だ。期待以上で私は嬉しくなった。

「ここすごくいいよ！　ここにしよう！」

そうしてようやく今日の寝床も決まったのだった。
何だか素敵な出会いがありそうな予感だ。

不思議な出来事

目が覚めると、向こう側のベッドにルカはいなかった。
私は移動で疲れて寝てしまっていたようだ。そういえばルカはビールを買いに行くと言って出掛けたはずだ。
寝ぼけながら記憶を辿る。

夕方になると少し空気が寒かった。
上着を羽織り、部屋を出た。
部屋を出ると、廊下から楽しそうな話し声が聞こえてくる。
共用のソファーのあるところからだ。

聞こえてくるルカの声は英語だった。
外国人の旅人と盛り上がっているようだ。

「Hola!」ソファーでくつろぐみんなに声をかけた。
「お！ まほちゃん、起きたんだ！」

ルカはもうビールの入ったコップを持っている。
なかなかの上機嫌だ。そこには、セミロングヘアの可愛らしいアジア人の女の子と、ガタイのいい西洋系の男の子も一緒だった。

「フィリピン出身のアイリーンと、オーストラリア出身のマイクだよ」

ルカが説明してくれる。そして今度は２人に、
私と少し旅をしていることも説明してくれた。

「この２人も一人旅同士で、バスで会ったんだって」
「あ、そうなんだ。じゃあ私たちと一緒だね。Mucho gusto!」

初めましてという意味だ。英語もスペイン語もほとんどできない私は、人に会った時、ペルーの挨拶をすることに決めていた。
アイリーンもマイクも、いい笑顔で握手とハグで応えてくれた。
２人共とても感じが良い旅人だ。すぐ仲良くなれそうだった。
自己紹介も終わると、また３人で話し始めた。

会話は英語だ。早いテンポの英語が飛び交う。話によると、アイリーンはボランティアで来ているみたいだった。まだ長くこの辺りに泊まるようだ。単語をつなぎ合わせようやく理解する。マイクの英語は残念ながらオーストラリア訛りで、何を言ってるか全く分からなかった。

ルカもたまに通訳してくれるけれど、だんだん３人での会話が盛り上がり、それどころではなくなっていた。
私も集中力が切れてきた。そうなるともう英語が入ってこない。
会話よりこの雰囲気を楽しむしかなかった。

こんなとき、どれだけ英語が喋れたらいいか。語学堪能なルカが羨ましかった。３人の楽しそうな雰囲気をみると、まだまだ夜は長そうだ。よし一旦休憩だ！ ビールが切れたのを理由に、お酒を買い足しに行くことにした。

「ラム買ってくるよ！ ビール切れたらラムを飲もうよ」
「お～いいね！じゃあちょっともらっていい？」
「うん、もちろん」

アイリーンとマイクにも目配せをする。
いいね～！ という表情が返ってきた。
みんな、なかなか飲める口のようだ。

私は宿を出て、近くのティエンダにラムを買いに行った。 ※ティエンダ=小さなお店

１５分程してホテルに帰ってくると、もうあのソファーには誰もいなかった。
うるさいからみんな部屋に入ったのかもしれない。
もう夜も更けていい時間だった。

ラムを持って奥の自分部屋の方へと歩く。
思った通り、部屋の中からはみんなの声が聞こえてきた。ドアを開ける。部屋の照明はうす暗く、部屋全体がぼけたオレンジ色に包まれていた。

いかにも「旅の夜」という感じだ。

ルカは床に突っ伏していた。

大きな地図を広げて何か説明している。
その地図には彼が今まで辿った軌跡が書かれていた。
マイクもしゃがんで地図を覗き込んでいる。

「お、ごめんごめん！ 外だと声響くからさ」
ルカが床の方から少し首をこちらに傾けながら言う。

「へ～、こんな大きい地図持ってたんだね」
私はみんなのコップにラムをつぎ、上から地図を覗き込んだ。

「彼は本当に旅人ね！」
アイリーンが、興奮気味に地図を説明するルカの写真を撮っていた。

彼女にも、ラム入りのコップを渡す。みんなすでにお酒もまわって、いい気分のようだ。ルカは嬉しそうに今までの旅の話をしている。地図を指差しながら、国ごとのストーリーを話していた。
私たち3人は、彼の話す世界にすぐに夢中になった。

ルカの口から語られる旅は、
少し色があせたポラロイド写真のような、
古本屋で見つけたノンフィクションの冒険小説のような、
人の心の中に残る、何かがあった。旅は彼の情熱なんだろう。
ワクワクは誰もが持っている共通言語だ。
みんな引き込まれていった。

簡単に“旅”といっても様々だ。その人の色や匂いがある。
偶然なんとなくここに集まったアイリーンやマイク、
そして私も、それぞれの旅の景色があるんだ。
そしてこの瞬間も、それぞれの旅の色となっていく。

なんだか不思議な気分だった。

ルカの旅の話も、ペルーまで辿り着き、明日はマチュピチュだ！
というところで終わった。
オー！ とみんなが拍手して盛り上がった。

ルカがラムを口にしながら地図をたたみ始める。

横で覗き込んでいたマイクも立ち上がった。もうお開きだろう。
すると、ふと顔を上げたマイクと目が合った。

「……まほは、何をしている人なの？」
急にマイクに質問を投げかけられた。

「え！ え〜〜と……」

いきなりすぎて少し戸惑ってしまう。これはよく旅で聞かれる質問だった。
でも英語だとうまく出てこない。頭がフル回転する。

「絵とか描いてんじゃん。ほら、人の色とか」
困っている私に、ルカが助け舟を出してくれた。

「あ、うん！ 絵を描いてるんだ！」

英語でどう説明しようか迷っていたけれど、絵なら見せれば話が早い。
自分の携帯をとりだし、日本で描いた絵を見せた。
マイクが興味津々に覗き込む。

「ワーオ！ これは何？？？ とってもキレイだ！」
彼は私の描いた“人の色”の絵を指差して言った。

私はなんとか英語で説明してみる。
うまく伝わったのか、よく分からなけれど
驚いたような顔をして何度も写真を見ていた。

「すごく素敵だ」
彼は気に入ってくれたようだった。

そして次の写真、次の写真へとスライドしていく。
自分の描いた絵が次々と流れていった。
すると、彼はある絵で手を止めた。

「……まほ、これは？」
「え？？ なに？？」

私の携帯を握りしめている彼の手元を、横から覗き込む。
それは私の描いた“木の絵”だった。

そういえば、旅に出ると決めてから
私はやたらと“木の絵”ばかり描いていたことを思い出した。

「これは木だよ。なんでか分からないけど、
旅に出る1ヶ月前くらいからずっと描いてるんだ」

当時のバイト先の壁にも、この木の絵を描いた。
引っ越しをする友人にもこの絵を送っていた。
イギリス人の友人への誕生日プレゼントも、
この木の絵で専用のノートを作って渡したくらいだった。

『まほはなんでこの木ばかり描くの？』
何度もそう聞かれても、私にも分からなかった。とにかく何か描こうとペンを持つと、ついついその一本の木を描いてしまう。

そしてその木の横に正三角形の模様と
RAVAN(ワタリガラス)を描くのがお気に入りだった。

それは「宇宙と自然と生き物が正三角形のベストなバランスでありますように」と私が専門学生の時に考えた記号だった。昔読んだ「ワタリガラスの神話」という本で、教えてもらったことが元になっている。

「なんでこれを知っているんだ？」マイクが静かに言った。
「え……？？」

何だかマイクの様子がおかしい。とても驚いたような、なんとも言えない表情をしてこちらを見ている。
「もしかしてまほも『聖なる真実』に出逢ったのか？？

chapter 2

これは、『聖なる真実』のビジョンだ」

「え？ え？」

聖なる真実……？？
一体急に何を言い出すんだろう。
彼の言っている意味がよく分からなかった。
だけれど、彼のその口調や様子から、とても大切な話のように感じた。
ルカは床に座って黙ってこちらを見ている。

「僕は『聖なる真実』に出逢うために２週間修行をしたんだ。
そしてその最後の夜、大きな、大きな一本の木を見た。
まさにこの木だよ。遠くに川も流れていた。

そして木の横に３つ、三角に並んだ星が輝いていたんだ。
僕は今までずっと、その意味を探していた。
一体何を意味しているか分からなかったんだ」

英語の分からない私が、なぜかその時は彼の言葉をよく理解できた。

「これはどんな意味なんだ？ 教えてくれ」
彼は静かに、そして真剣に聞いてきた。

「う、うん」私は英語で自分の作った正三角形の記号の説明をした。
「これはね、宇宙と自然や大地、そして生き物たちが、ベストなバランスをとらないといけないってことだよ」

「正三角形は無限でしょ？ 正三角形の中にいくらでも正三角形ができる。
でも、一辺でも長さが違うと、バランスは崩れるんだ」

私の言葉は、全くめちゃくちゃな文法だったと思う。
それはただ単語と単語をつなげた、つたない説明だった。そして手を使ってジェスチャーでなんとか伝えようとした。だけど、彼が私の話を理解しているのが分かった。それは言葉ではないコミュニケーションだった。彼の目がまっすぐこちらを向いている。

「………はぁ。そうか。そう言う意味だったのか。
　はぁ……よく分かったよ」

彼はゆっくりため息をつくようにそう言うと、
コップに入ったラムを飲み干した。

「ありがとう。ありがとう。僕はもう寝るよ」
そう言うと、彼は自分の荷物をまとめ始めた。

「あ、私ももう寝るわ」アイリーンもそう言う。
彼女の目はトロンとしていて、とても眠そうだった。
足元も少しもたついている。ラムが相当効いたようだ。

「Hasta luego(また明日) Gracias(ありがとう)」
ペルーのスペイン語で挨拶してみんなにハグをすると、
彼と彼女は部屋から出て行った。

バタン。扉の閉まる音と静けさが同時にやってくる。

みんなが部屋から出て行ってしまうと、さっきまで謎めいて見えたオレンジの照明の灯りも、ただの平凡な灯りに戻ったように感じた。
ルカも、もう床の地図をたたみ終わっていた。

「……何だったんだろう……。不思議だったね」

急に現実に戻されたような気分。
夢から覚めたような、不思議な空気だった。

「……ね。まぁ寝よう。明日早いし。俺も酔ったよ」

そう言うと、ルカは特にマイクのことには触れず、さっさと自分のベッドに入ってしまった。
私もラムやコップを片付け、寝る準備をする。
マイクの話は何だったんだろう。不思議な夜だな。

英語もよく分からない私は、今となっては全部何かの勘違いにも思えてくる。まぁ、なにか彼の中で偶然があったのだろう。私の絵を見て驚いていたマイクの、真剣な表情が浮かんだ。

さっきの出来事を、現実的にテキトウに整理して、
私もベッドへと潜り込んだ。

――聖なる真実。

マイクが口にした言葉には、印象的な響きだった。
部屋の電気が消える。ルカが消してくれたようだ。
彼の寝息が聞こえ始め、私も気が付くと眠っていた。
私も高地でのラムが効いたようだった。

今日の夜の出来事は、そのままマチュピチュの深い夜へ吸い込まれていくようだった。

マチュピチュへ

翌朝は5時起きだった。
眠たい頭で顔を洗ってさっさと支度を済ます。
5時半には、バス停に並んでおかなければいけない。
早朝にチェックアウトを済まし、5時半きっかりにバス停に着いた時には、もう長蛇（ちょうだ）の列ができていた。
これでもお昼の繁盛期に比べるとかなり少ないらしい。

「すごい人だね～」
「ほんと。5時半に来てこれかよ」

私たちは凍える身体を揺らしながら順番が来るのを待った。
朝のマチュピチュ村はかなり寒い。
持っていた防寒着を全部着込んできた。
バスには、並んだ順に乗れるようだ。

少ししたら、ようやく順番が回ってきた。３０分ほどバスで山を登ると、ようやくマチュピチュに到着した。といっても、それはまだチケット売り場の前まで。その入り口にはまた、マチュピチュへ入りたい人たちの長い列が待っている。入り口のチケット検査を終えた頃には、もう7時前だった。

入り口からは、坂を歩いて上がっていくのだ。なかなか面倒な道のりだ。
でも、みんなマチュピチュへの熱気でムンムンとしていた。

ゾロゾロとみんなマチュピチュへと吸い込まれて行く。
もうここは富士山より高かった。坂道だけで息が上がる。
笹の葉が生い茂る小道を、観光客みんなで黙々と歩いていった。

すると、小道が終わり急に視界が広がった。
顔を上げると、そこにはマチュピチュ遺跡が広がっていた。

朝もやの雲のような霧が、マチュピチュの遺跡を所々隠していて、まるでマチュピチュ全体が空に浮いているよう見えた。
まさに空中都市だった。ラピュタのようだ。

「うぅ〜〜わぁ、すっげぇ……」

ルカが息を漏らした。私も息を呑む。

「マチュピチュ行くまでにこんなにお金がかかると思わなかったからさ、もう遺跡なんかいいやって思ってたけど、やっぱ世界遺産は違うわ。マジできてよかった」

ようやく見れたマチュピチュに、二人で感動していた。
彼の言うとおり、ここまで来るのにかなりお金がかかっていた。
マチュピチュの入場料でさえ馬鹿高い。
安バックパッカーにはかなりきつい出費だ。

だけど本当に来た価値はあった。

二人共黙ってマチュピチュを堪能する。

マチュピチュ遺跡もすごいけれど、その手前の山もすごかった。
自然の力にすべてがすっぽりと守られている感じだ。

毎日たくさんの観光客が来る中で、マチュピチュのこの空間だけは澄んだ空気を保ち続けていた。

そうして、マチュピチュのエネルギーを贅沢に浴びきり、夕方になる前には、私たちのマチュピチュ探索は終わりを告げた。

「これからどうしよっか？」

戻ってきたホテルで、私はルカに訊いた。
実はマチュピチュからの二人の予定をちゃんと合わせていなかった。

「私はリョニーさんに教えてもらった、ダンさんのいる村に行こうと思うよ」

遂にだった。
リョニーさんからあの地図を描いてもらって、もう2週間が経っていた。
その村へ行くのも、マチュピチュと同じくらい楽しみだった。

「う〜〜ん。そっかぁ……」

絶対一緒に来ると思っていたルカの反応は、予想外だった。
何か迷っている感じだ。

「実はさ、俺の大好きなアーティストが、今夫婦で世界一周してるんだよね。それで今ペルーにいるらしくて、少し前にメール送ったんだ」

「アーティストって……それはアサラト、の？」
「うん。そうそう」

ルカは“アサラト”という楽器と一緒に旅をしていた。“アサラト”とは野球ボール大の木の実が紐の両側についた、とてもシンプルな楽器だ。
手で振りながら、木の実の球をぶつけて音を出すのだ。
その音がなかなか癖になる。

上手くなると、投げたり左右違うリズムをとったりもできる。
簡単そうに見えて、リズムをとるのはなかなか難しかった。

ルカはどこに行くにもこの楽器をぶら下げていて、歩いている時も、手で振りながら大体リズムを刻んでいる。彼のトレードマークだった。

奇跡的に大好きなアサラトの有名なアーティストがペルーに来ているのだ。
そんな偶然、なかなかない。

「すごいじゃん！ じゃあ会えるかもしれないんだ！ よかったね！」
私もそれを聞いて嬉しくなった。

「そうなんだよ。しかもさっき彼らからメールが返って来たんだ！
今クスコにいるらしくて、一緒に旅しようって誘ってくれたんだ」

ルカの顔も嬉しそうだった。
そっか、じゃあルカとの旅もこれで終わりか……。
嬉しい半面、心の中では少し寂しかった。

「でも、まほちゃんと一緒にその小さな村に行ってみるよ。俺も気になるし。
その村に着いてから、また色々決めようかな」

「……そっか。うん。じゃあその村までは一緒にいけるね！」

寂しいのがバレないように、明るくそう答える。
だけど私は分かっていた。
ルカはその村に行ったら、次の日すぐクスコに行くだろう。
お互い一人旅同士、仕方ないことだった。
旅の目的も違うんだ。

悲しい気持ちを心の隅に押し込め、
私はルカと“ダンさんのいる小さな村”へ向かうことにした。

ルカの旅の目的

マチュピチュ村から、また電車に乗って来た道を戻る。
途中の街で降りると、そこからコレクティーボと呼ばれる乗り合いタクシーへと乗り換えた。マチュピチュ村を出発したのは夕方近い。最後のコレクティーボに乗った時は、もう辺りは真っ暗だった。

その"小さな村"は観光客もあまり来ないのだろう。コレクティーボの中は、現地の人だけだった。みんな民族柄の布で包んだ大きな荷物を持っている。中身は野菜や果物のようだ。クスコのような大きな街に働きに出て帰っているところなのだろう。車内は、泥や野菜、足の匂いが充満していた。

私とルカは、さすがに疲れていた。
今朝は5時起きでマチュピチュへ行ったのだ。
一日が長く感じても無理もない。

コレクティーボは、足場の悪い道をガタガタと揺れながら進んでいく。道に明かりもないので、車のライトだけが前方をボウっと照らしていた。

「うっ、気持ち悪い……」
私は、すぐに気分が悪くなった。

「えぇ？ またかよ。大丈夫？？」ルカが呆れるように言う。
酔い止めも飲んだはずだ。でも、疲れすぎているのか全然効かない。

「ほら、肩貸してやるから」
そう言うと、ルカは肩を突き出した。珍しく優しい。
でも彼も相当疲れている。少し戸惑ったけれど、さすがに隣の知らないおじさんに肩を借りるわけにもいかず、ルカに甘えさせてもらうことにした。

彼の肩に頭を乗せると、
急に車内が静かになったような気がした。
少し緊張していたのかもしれない。

「あのさ……」

ルカが話し始める。
狭い車内には彼の声だけが響いている。

「俺さ、どんな印象だった？ 始めて会ったとき」
「え？」

――印象。少し考えて、私も口を開いた。
顔が見えないのもあって、正直に言えそうだった。

「う……ん。社交的だと思うよ。すぐ誰とでも仲良くなるし」

ふうん、という感じでルカは聞いている。

「でも、何か最後までは絶対見せない！ って感じ。
最後の最後は、心を開いてくれないところがある……かな」

ルカと過ごしたこの何日間の率直な感想だった。

そしてそれは、私が少し悲しくて悔しく感じていることだった。

せっかく初めてできた旅の相棒なのに、
本当に、仲良くなることは出来ない気がしていた。

「ははっ」

ルカは前を向いたまま笑った。また、ふうん、という感じだったけれど、さっきよりは、何か柔らかい感じだった。

そしてまた、車内はえらく静かになった。
話しているのは私たちだけだった。

現地の人たちは見知らぬ日本語をどういう風に聞いているんだろう。
ふとそんなことを思う。

「あのさ、俺、ペルーに来た理由があるんだ」
またルカが話し始めた。
それは、私がずっと気になっていたことだった。
車酔いの頭が少し冴えてくる。

「本当はあんまり言いたくないんだけど……。マイクと飲んでたでしょ。
彼が『聖なる真実』って言ってたの、覚えてる？」

「えっ……！　う、うん」

急に鼓動が早くなった。
あの夜のことを思い出す。マイクの真剣な顔が浮かぶ。

「俺も、実は『聖なる真実』を探しに来たんだ」
「え！？……そうなんだ……一体それってなに？」

「……うん。『聖なる真実』は、いのちが持ってる本当の真実のことなんだ。
シャーマニックって分かるかな？ シャーマニック自体はずっと昔からペルーの土地に伝わるもので、民間療法としても使われてたんだ。シャーマンが行うんだよ」
「うんうん」

聞き慣れない話に、意識を集中させる。
まるで何かの物語を聞いているようだ。
シャーマンなんて、漫画やテレビでしか聞いたことがなかった。

「シャーマニックは本来、『聖なる真実』を思い出すためにあるんだ。
俺達は、生きていたら段々色んなことを忘れてしまう。
生きてる感覚すら希薄になってくる。見えてるものしか信じられなくなってくる。そんなとき、シャーマンは**『見えない世界』と『自分たちの世界』をつなぐ役目**をしてくれるんだ」

ルカの言葉は、濁りがなくまっすぐだった。
「シャーマニックを通して自分を見つめ直したり、自分の心をキレイにしたりするんだ。昔の人は、そうしてたんだって」

「それは、どんな人がするの？」

私はルカの肩に頭を乗せたまま、質問した。
二人とも前を向いてしゃべる。

「ドラッグが抜けられないヤツとか、アルコール中毒の人とかも多いって言ってた。あとトラウマがあったり、ただ自分を知りたくて行く人もいる。
だけどシャーマニックは『聖なる真実』を思い出す為にある」

一瞬間（ま）が空いて、ルカは怒ったように少しムッとした口調になった。

「でも、今は遊び半分で行く奴が多いんだ。
幻覚作用を求めたり、一種のドラッグのような感覚で試してみたり。
シャーマンも、偽物も多くなってて、よくない側面もあるんだよ」

これで、ルカがなかなか言ってくれなかった理由が繋がった。
そういう人と同じに思われたくないのだろう。
彼の言葉からは、真剣に向き合っていることが分かる。
彼はシャーマニックが目的ではなかった。『聖なる真実』に出逢うことが目的だったのだ。

「『聖なる真実』は、本当に自分と向き合った人しか出会えないんだ。
自分で探してもダメらしい。シャーマニックをしたからって、出逢えるワケでもない。**タイミングは、ちゃんと用意されてるんだ。**
俺は、『聖なる真実』に出会いたい。そのためにペルーに来たんだ。
そして本当の真実を知りたいんだ」

最後は、私に言うより自分に言い聞かせるようだった。

車の中は、私とルカの会話だけだった。
でももう、静かなのも気にならなかった。
ガタガタのでこぼこの道をバスが走る。
窓の外は相変わらず真っ暗だった。静かな時間が流れていた。
そして突然、バスは止まった。

運転手が、その“小さな村”の名前を連呼し始め、何もなかったかのように、
何人かが降り始めた。私たちも、荷物を持って車から降りた。
辺りはやはり真っ暗だった。明りは星だけだった。
村らしきものが、丘の下に薄っすらと見える。
少し歩かなければいけないようだ。
空気が、キレイでひんやりとしていた。

「じゃあ、行こうか」

ルカも何事もなかったように前を歩いて行く。
道路は、コンクリートじゃなく土だった。
靴底に石が当たって歩きにくい。
私は、何か夢の中にいるようだった。

さっきまでの話はお伽話（とぎばなし）だろうか？

だけれど澄んだ空気と私たちを照らす星が、
ここは現実なんだと優しく教えてくれていた。

二人は黙ってその村まで歩く。
聖なる真実――それは、私の旅の目的と一緒だろうか？
ふと手帳に書いたあの言葉が思い浮かんだ。
新しい夜風が通りすぎて行った。

――マチュピチュから転機になるよ。

得体の知れない波が、私を飲み込んでいくようだった。
目の前をルカが歩いている。
その背中はいつもよりたくましく見えた。

そうして、私たちはその“小さな村”に辿り着いたのだった。

第5話

“小さな村”

NAHO & MAHO

EARTH GYPSY

魔法のお店

その小さな村に着いたのは、夜の9時前だったと思う。
もう、お店は閉まっていて人はほとんどいなかった。
月と星の明りと、何軒か先の遠くの家の明かりを頼りに歩く。

本当に小さな村だった。

急に雨が降り出し、私たちは林の小路をいそぎ足で歩いた。
ダンさんはメールで待ち合わせ場所を送ってくれていた。
カフェのようだったが、こんな遅くに開いているカフェがあるのだろうか。
途端に不安になる。

「あ、まほちゃん！　あれじゃない？」

ルカが指差した。私たちが歩いている小さな道の先に、その立派な看板だけが煌々（こうこう）と光っている。明かりのない真っ暗な夜の小路に、「ここだよ」とでも言うように、そのカフェだけが浮かび上がっていた。開いているお店は、ここだけのようだ。雨から逃げるように、急いでカフェまで走った。

その看板の文字を見ると、ダンさんのメールに書いてあった場所と一致した。
まるっこいローマ字のかわいい看板だ。

「うん、ルカここだ！」そう言って、数段階段を上がりその奥の扉を開けた。

そのスカイブルーの木の扉は、ギィ〜〜という音を立てる。
と、同時に美味しそうなコーヒーの香りが中から漏れてきた。
真っ暗な外から、いきなり暖かい明るい空間へ入っていく。
ずっと外を歩いてきたので、最初は光に目が慣れなかった。

入った途端、すごく不思議な空間に来てしまったと思った。
そこはまるでゲームか物語に出てくる“魔法のお店”のようだった。
小さい頃ハマっていた、ゼルダの伝説みたいな感じだ。
木製の家具に、ライトグリーンと卵色に塗られた壁。
まるで子ども部屋のよう。

店内の右側には、丸い木のテーブルが２つあり、
そして左側はゆったりとしたソファーが置かれていた。
まだダンさんは来ていないようだ。

ソファーには日本人の女性２人と白人の男性２人がくつろいでいた。
２組のカップルのようだった。彼らが私たちの方をチラリと見た。
まさかこんなところに日本人がいると思わず、ビックリして挨拶のタイミングを逃してしまった。あとで話しかけてみよう。

女の人は2人とも、長い黒髪で顔が小さくキレイだった。
なにか、内面から溢れるような落ち着いた雰囲気がある。
彼女たちの存在も、このカフェの不思議な雰囲気を作っていた。

とりあえず、私たちは右側の丸テーブルへと腰掛ける。
ここでダンさんを待つことにした。
背負っていた重たいバックパックを床に降ろすと、やっと身体が楽になった。

身体についた雨を落として、私たちは席に着いた。

「かわいいカフェだね……ねえ、だけど少し不思議な雰囲気じゃない？」
丸テーブルに向かい合い、ルカにこっそりと言った。

「え？ そうかな？ 普通じゃない？ それより俺コーヒー飲みたい」
そう言うと、ルカは店員を呼んでコーヒーを注文した。

そう言われると、ただの可愛らしいオーガニックカフェにも見える。

私も続いてホットのチャイを頼んだ。コーヒーとチャイが来るのを待つ間、
私はヒマつぶしがてらお店の中を散策してみることにした。

丸テーブルの奥にはガラスケースの棚があり、美味しそうなクッキーやケーキが段ごとに並べてある。ソファーの隣にある本棚には、面白い本が沢山あった。ブッディストと書かれた写真集や、ペルーの遺跡の本。タロットカードも置いてある。そして、本棚の一番下の段には、かごに入った子供のおもちゃもあった。

子供連れも多いのだろうか？
やはり、コンセプトが少し変わっているお店なのかもしれない。
ぐるりとカフェを回ると、最後はドアの横の壁に辿り着いた。
そうしてそこで足が止まった。

――なにこれ？？

ドア横の壁一面に、色んな案内の紙がビッシリ貼られていたのだ。

どうやらそれは掲示板のようだった。だけれど、貼っているものが多すぎて掲示板自体は見えない。紙の上から貼られている紙もある。

ついには掲示板の枠をはみ出し、壁にまで紙が貼られる具合だ。

壁一面がサイズも色も様々なフライヤーの展示のようになっている。
それは奇妙な光景だった。

――一体何の案内なんだろう？

気になってよく見てみる。
英語とスペイン語で詳しくは読めなかった。
何とか頑張って読めるところだけ読んで見る。

「えっと、シャー……マニック。え？？」

――シャーマニック！？

見ると、その貼られていたほとんどの紙に“シャーマニック”と書かれていたのだ。それは、ポップな雰囲気のものから、何やら怪しい絵が描いてあるもの、そして手書きで、“シャーマンの名前”“○月○日○○の山付近”と書かれているものなど、様々だった。紙のほとんどが、シャーマニックの案内だったのだ。

「ルカ！　これ見て！」
丸テーブルでコーヒーを待つルカを呼ぶ。

ルカも気になっていたようで、すぐ立ち上がってやって来た。

「うわ。なにこれ！ すげえ。シャーマニックの情報ばっかりじゃん……」

濡れた身体が冷えるのか、ウィンドブレーカーのポケットに手をつっこんだまま、ルカは首だけ伸ばし興味深そうに壁を見た。

注意してみると、その中のいくつかの案内には、
『聖なる真実』と意味が取れる言葉が書かれているものもあった。

「……なんだこの村？ そんな村だったの？」

「えっと……観光バスでもほとんど行かない場所っていうのは聞いてたけど」

私もそんな村だとは知らなかった。
ただリョニーさんの地図を頼りに“ダンさん”を訪ねて来ただけだ。

二人とも壁を見たまま、黙り込んでしまった。
私は自分の心臓がドキドキしているのに気付いた。
ついさっき、ここに来る前にルカと話していたことが
そのまま目の前に現れたようだった。

ここにはもしかしたらルカの求めている
本物のシャーマンはいないかもしれない。
だけれど、この流れは前兆だった。
『聖なる真実』に呼ばれてるのかも知れない。

トントン。

肩を叩かれ振り向くと、
そこにはソファーに座っていた女の人が立っていた。

「今日来たの？ あなたたちも『聖なる真実』を探しに来たの？」

彼女はごく自然に『聖なる真実』と口にした。

私たちが、貼紙をずっと見ていたからだろう。

「あ、いえ。今着いたんですが、ダンさんという方と待ち合わせしていて」
「えっ？ ダン？」

「はい。ご存じですか？」
「あなたダンを知ってるの？
私、ちょうど明日彼の占星術を受けるのよ。しかもここで」

「えっ！ そうなんですか？」

そう言えば、リョニーさんがダンさんは占星術師だと言っていた。
そんなに小さな村なのだろうか？

色んな事が一度に繋がり過ぎて、もうワケが分からない。

「この村、不思議なのよ。こうゆう偶然がよく起こるの」
彼女は、もうこのような出来事には慣れているような言い方をした。

「あ！ そうだ！ このイベント、あなたに絶対ピッタリだと思う。
よかったらおいでよ！」

そう言って彼女は、たくさんある紙のひとつを指差した。
そこには、白人の男性が長い笛を吹いている写真が乗っていた。
この人なんだか見たことがある……。

「えっと……これは、なんのイベントですか？」
「これはね、フルートのコンサートだよ」

フルートのコンサート！？
それは、あまり私にとって興味のないものだった。
ヤ、ヤバイ……。断るタイミングを見計らう。

しかし彼女は心からオススメしてくれているようだった。
本当にいいコンサートらしい。

「本当にいいから一度聴いてみて！
しかもね、この彼が吹いているのよ！」

そう言って彼女は、後ろのソファーに座っていた男性の方を振り返った。見たことあると思ったら、そのフルート奏者はここにいたのだ。
もう一人の女性の彼氏のようだった。

彼は私たちの話に気付き、立ち上がって少しはにかんだ笑顔を見せた。

「彼女も明後日来てくれるって！ 楽しみだね〜」
「はい！ 行きますね！ 楽しみです！」

私は思わず満面の笑顔でそう答える。もうこれは断れるわけがなかった。それならルカも巻き込もうと、すぐ彼の方を見た。しかし、彼は既に離れた丸テーブルに戻り、何も聞こえなかったようにコーヒーをすすっていた。

しまった……。もう流れにまかせるしかない。
これで、明後日までは確実にこの村にいることが決まってしまった。

みんなで少し話していると、すぐに閉店の時間になった。

ギィー、その時鈍い音をたてながらドアが開いた。そこには、白髪でまんまるとした男性が立っていた。目は澄んだ青色で、インド人が着ていそうな麻のゆったりとした服を着ている。首からは大きな石を紐で編んだネックレスをぶら下げていた。まるで、『ふしぎの国のアリス』に出てきそうな、風貌の男性だ。魔法使いです、と言われたら信じてしまうかもしれない。

「オー！ マホさんですかー」
彼はカタコトの日本語で私の名前を呼んだ。
彼がダンさんだった。

「ダンさん！ Mucho gusto！ 待っていました！ 会えて嬉しいです！」

そう言って、ダンさんとハグをした。
続いて先ほどの女性も、ダンさんと親しそうにハグをする。

「ハッハッハ。なかなかいい出会いがアッタミタイデスネ」
私たちを見渡してダンさんが言った。
ダンさんは、日本語とスペイン語が混ざった話し方をした。
日本語を使うのは久しぶりなのかもしれない。

「こんなに遅くにすみません」

「いやいや、イインダヨ。アミーゴ、リョニーのトモダチだ。私もマエ、彼にオセワにナッタカラネ」

ダンさんは、初めて会う私たちをとても気さくに迎えてくれた。
それもリョニーさんのおかげだった。

「デハ私はナニヲしたらイイのかな？ ホテルは決まっていマスカ？」
「いえ、何も決めず来てしまって」

こんな小さな村では、遅い時間になると、なかなかホテルにも入れてもらえない。

「そうデスカ。ダイジョウブです。私のトモダチのところに頼んでミマショウ。それがワタシの役のヨウですね」

そうして、ダンさんが彼の友達が営むホテルまで連れて行ってくれることになった。急いでお勘定を済ませ、みんなに挨拶する。私とルカは、バックパックを背負い、ダンさんの後について行った。

カフェを出ると、雨の降る村は真っ暗だった。
ダンさんはカフェの横の坂をまっすぐ上がっていく。
ダンさんが懐中電灯を照らしてくれていた。

二人だけだったら、ホテルさえ探せなかっただろう。
ダンさんに感謝だった。
少し歩くと、彼は坂の途中にあるホテルの前で足を止めた。
彼は丸い身体をフゥフゥ言わせている。

「ココです。チョット聞いてミマショウ」

もう夜は遅い。ホテルの門は厳重に閉められている。
ダンさんが門を何度か叩くと、少しして怪訝そうな顔をした男性が、門の中から少しだけ顔を出した。最初は嫌な顔をしていたけれど、門を叩いたのがダンさんだと分かると、すぐ笑顔で門を開けた。ダンさんが話すと、彼は私たちに心良く1部屋用意してくれた。今夜の寝床が決まったのだ。

「ココで大丈夫デスカ？?」
もちろん、と私たちは何度も頷く。

ダンさんはニコリと笑って言った。「コレでワタシの役もオワリですね。ナニカ困ったコトがアッタラすぐ連絡してクダサイ」

「ソレではオヤスミなさい。イイ旅ヲ」
「はい！ ダンさん、本当にありがとうございます」

大きなダンさんの身体にハグをした。
彼はまた雨の降る中、もと来た道を帰っていった。
まるでその後ろ姿は本物の魔法使いのようだ。
彼もまたとても不思議な人だった。

「何か……変な一日だったな……」
ダンさんの丸い後ろ姿を見ながら、ルカがしみじみと言う。
部屋にバックパックを降ろし、お互いに濡れた服を着替えた。
もうクタクタだった。

本当に、おもしろい一日だった。
よく考えると、今朝は早起きをしてマチュピチュに行ったのだ。

そして今はこの小さな不思議な村にいる。

一日に起こった出来事と思えなかった。
そして、今日の色んな出来事が、まだ現実だと信じられなかった。
私の住んでいた世界は、こんな風だっただろうか？

ルカからバスの中で『聖なる真実』のことを聞き、
着いた村には、たくさんのシャーマニックの案内があった。
ダンさんとの待ち合わせのあのカフェは、シャーマニックのポータルサイト的な場所だったのだ。

あのカフェにいた女の人やダンさん。
いろんな出来事がまるで用意されていたかのように繋がってしまう。

2週間前、リョニーさんに書いてもらった地図だけでここに来たのだ。
一体、これから何があるんだろう。

ベッドの中で天井をボーっと眺めていた。思考が追いつかない。
冒険の主人公はこんな気持ちかもしれない。
これから何が待っているか予想がつかなかった。

「まほちゃん」

真っ暗闇の部屋の中、向こうのベッドから声がする。

「フルートのコンサート行くの？」

やっぱり、私が誘われていたのを聞いていたんだ。あの時、カフェでそっぽを向いてコーヒーを飲むルカの姿を思い出した。なんてやつだ。
「うん。行ってみるよ。一応誘われちゃったし」

それは、私が明後日まではこの村に残るということでもあった。

「……ふうん」

何でもなかったように、向こうから無愛想な返事が返って来る。
そして寝返りをうったのか、寝袋のこすれる音がした。
あまりにも寒いので、ベッドの中に寝袋を入れて寝ているのだろう。

ルカは、どうするの？

それはもう聞かなかった。
私も寝返りをうって、静かに眠りについた。
また、旅が変わるのだ。

目が覚めると、隣のベッドの彼はもう起きていた。
ベッドの横に置いた、バックパックの整理をしていた。
カーテンを閉めた部屋は、朝だというのにまだ薄暗い。
私は身体は起こさず、顔だけそちらに向けて彼の様子を見ていた。
段々と寝ぼけた頭がハッキリとしてくる。

「あぁ、まほちゃん。おはよう。ごめん起こした？」

彼は用意をしながら、こちらを少しだけ向いた。
ううん、と首を振り、私はまだ寝ている。
それを少し見て、彼はまたすぐ準備に戻った。

「俺さ、やっぱ行くことにしたわ。クスコ」

「この村も、すげぇ興味あるけど、また来れるからさ。
とりあえず人だけはタイミングだから、彼らのところへ行ってくる」

彼らとは、アサラトのアーティストのことだ。
ルカは、あたかも忙しいという雰囲気で用意をしながら、私にそう言った。
彼のくすんだ青いウィンドブレーカーの背中を見た。
ルカはやっぱり行ってしまうのだ。
そしてそんなことは分かっていた事だった。

「うん。そっか」

私はそれだけ呟くように言った。
もともと一人旅同士が偶然一緒になっただけだ。
お互い悲しむ理由もない。

彼はえらく丁寧に荷物をバックパックを詰めていた。それでもしばらくすると、彼の用意も終わった。立ち上がり、着ていたウィンドブレーカーを整えると、彼は身体をこちらへ向けた。

「変じゃないかな？ ほら、鏡とかないじゃん。
ずっと自分の格好とか見ないからさ。はは」

ベッドに置いてあった、いつものツバ付きのニット帽も被る。
少し照れたのか、上着のポケットに手を突っ込んでみせた。
私は彼のその様子をベッドから見上げるように見ていた。

「うん。普通だよ。いつも通り」

いつも通りじゃないルカに、そう言った。
憧れのアーティストに会えるから、という事にしておこう。
彼は返事を聞く前に、もうバックパックを背負っていた。

「じゃあ、まほちゃん、またどこかで」
ルカがドアを開けた。

ドアの隙間から外の光が少し入る。
その光がルカの影を部屋に作った。
今日も相変わらず外はいい天気のようだ。

彼はこちらをチラリと振り向く。
帽子のツバに隠れた目がまたくしゃりと笑った。
そして彼の姿はドアの外へと見えなくなり、階段を降りていく音だけが聞こえた。開けっぱなされたドアから、澄んだ朝の太陽が入ってくる。

新しい光が部屋を一気に明るくした。
風が少し冷たかった。
そして、初めての旅の相棒は行ってしまった。

一本の木

冷たい水で顔を洗い、髪の毛を整える。朝、目にするこの“小さな村”の印象は、昨日の夜とは全く違っていた。謎めいた雰囲気は消え去り、緑の美しい山々に囲まれ、田んぼや畑が豊かだった。とにかく穏やかな自然に包まれて、この“小さな村”が存在していた。
私はホテルを出て、この村を探検してみることにした。

坂を下っていく。私たちのホテルは坂の途中にあった。
その坂には、白いテントを張ったおみやげ屋が並んでいる。
昨日の夜にはなかったものだ。朝からテントを用意するのだろう。

白いビニール製のテントを、木の太い棒でうまく固定して器用にお店を作っていた。小さな村はたくさんの白いテントで活気づいていた。

私は坂を下りながら、ルカのことを考えていた。
私も彼と一緒にクスコへ行かなくて良かったのだろうか？
ルカはクスコへ来てからの最初の前兆だった。

『マチュピチュへ一人で行かないで。必ずタイミングが来るから！』
なっちゃんに突然言われた謎の予言のあと、そのタイミングを運んできてくれたのが彼だった。そして彼の話していたシャーマニックもこの村にあった。
――これでよかったのだろうか？

寂しい気持ちと、これからの旅の不安が混ざり、頭が色んなことを考え始めていた。自分の心が何を言っているか、聞こえなかった。

急な坂が終わり、道が少しずつゆるやかになった。

開けた広場のようなところへ出る。そこはたくさんの白いテントで出来たおみやげ市場のようになっていた。
ここがセントロだろう。

スペインに征服された歴史のあるペルーでは、どんな小さな村でも“セントロ”という街の中心地に広場が設けられていた。それらの広場には美しい教会があり、像が飾られたりもしていた。

「Barato! Biemrenida!（安いよー！　いらっしゃーい！）」

スペイン語で投げかけられる勧誘をするりとかわし、その白いテントの市場を通り抜けた。広場が終わると、また下り坂が続くのだ。セントロを中心に細い路地が伸びていた。

坂を下る前に、ふと後ろを振り向きセントロを見てみようと思った。
この村の雰囲気を知りたかったのだ。セントロを見れば、その村の特色が分かると聞いたからだ。

大きな青空と、それに続く上り坂の背景には緑の山があった。
白いテントが並ぶセントロは活気に溢れ美しかった。
私は、それを見てその場に立ちすくんでいた。
目が離せなくなった。

それは単に美しかったから、それだけではなかった。
私は足の先から頭まで鳥肌が立ち、頭のなかは真っ白だった。
何も考えられなくなる。
その代わり、大きな甲高い耳鳴りが、
何かの合図かのように急に耳の奥で鳴った。

セントロの、白いテントの市場の上には、その全てを覆う影を作る、
一本の大きな木が立っていたのだ。

それは懐かしく、見慣れた一本の木だった。
旅に出る1ヶ月前から、私がひたすら描き続けていたあの木だった。
そして、マチュピチュへ行く宿で会ったマイクが『聖なる真実』に出会った時

に見たという、あの木でもあった。

私の中でぼんやりとしていた何かが、確かな形になっていくようだった。それは、ただの似ている木だったのかもしれない。だけれど、私の中でバラバラだった点がゆっくりとなぞられ、線になった気がした。

ペルーへ行くと決めてからここまで、あまりにも多く重なってきた偶然が、思考の端を通り過ぎていった。**まるでその偶然の全ては、この場所導かれる為であったかのように。**その木は堂々とそこで待っていた。

身体が動かなかった。
大きな青い空も緑の山も風も、そしてその一本の木でさえ、
何でもないように、そこにあった。

私はまた、そのセントロに背を向けて、もと来た道を戻った。
小さな小路のゆったりとした下り坂を、何でもないふりをして歩き続けた。

シャーマン

坂を下っていくと、昨日の夜ダンさんと待ち合わせたカフェがあった。昨夜は暗すぎて、地理が全然分からなかった。
こんなところにあったんだ。

昼間に見るそのカフェは、普通の小洒落たただのカフェだった。
しかし、くすんだ服を着たドレッドヘアの旅人たちがカフェに入るのが見えた。彼らは、あの掲示板を覗いてまた出てきたようだった。
彼らがカフェを出るとき、その一人と目が合った。
とても澄んだキレイな目の色をした男の人だった。
自分の人生に、しっかりと向き合っている人の目だった。

シャーマニックの情報を得に来たのだろう。
このカフェがどういう場所か、知っている人は知っているようだ。
カフェを横目に、また坂を下っていく。

思いついたまま小路を入り、ゆっくりとその村を見てまわった。
すると途中、小物屋のようなお店があった。

入り口に小さく掛けられた看板に、女性の顔が描いてある。
最近描き直したようで、まだ色が鮮やかだった。
他のお店と同じように、その店も中には入らずに通り過ぎた。

しかし、1ブロック程歩いたところで、
そのお店の事が、心にひっかかっているのに気付いた。
来た道を戻るのも面倒に感じたけれど、たった1ブロックだ。
何となく、戻って入ってみようと考えた。

道を引き返し、半開きだった店の扉を押し開けた。
中は思った通り小物屋さんで、手作りの石鹸や、現地独特の柄の布がセンスよく飾ってある。その6畳程の小さな店には、ハーブか何かのエキゾチックな、自然の香りがした。店の中には、他に一人の女性客が商品を見ていて、私が扉を開けると同時に、彼女もこちらに顔を向けた。

「あ！　あれ、昨日の」
目が合うと、彼女は私にそう言った。

昨日の夜カフェにいた、もう一組のカップルの日本人女性だった。

「あ！　また会いましたね！　こんにちは」
彼女にまた会えて、私は嬉しくなった。
来た道を戻って来てよかった。
彼女は美しい黒髪に一重のまぶたの、涼し気な顔立ちをした美人だった。

私は彼女と少しだけ立ち話をした。
彼女はマッサージ師をしていて、彼氏と2人でこの村を訪れたらしい。
この村が気に入って、予定よりゆっくり滞在しているそうだ。

「まほちゃんも、フルートのコンサート行くでしょ？　あの彼の演奏は素晴らしいの。いつも隣の部屋で練習の音が聞こえてくる」

あのカフェにいた、もう一組のカップルとは偶然この村で出会ったようだ。たまたまホテルの部屋が隣で、お互い国際恋愛同士ということもあって、仲良くなったらしい。

「そう、それと、彼女たちと一緒にシャーマニックも受けたのよ」
彼女は小声で、まるで大切なことを話すように、そう私に言った。

「え？ シャーマニックをしたことがあるんですか？」
私はビックリした。私もつられて小声になる。

「うん。あんまり言わないんだけど……あなたも『聖なる真実』を探しに来たんでしょ？」

その質問に、少し戸惑ってしまった。
だけれどその後、小さく「はい」と返事をした。
彼女も少し頷き、今度はしっかりと私を見た。

「……うん。あなたはクリアそうだし、ちゃんと準備ができてる気がする」

「準備……ですか？」

「うん、そう。たくさんの感情を抱えていると、少しキツイのよ。シャーマニックを使って自分を見つめることも出来るけれど、ちょっとハードね。私はオススメしない。出来るなら、ちゃんと自分の人生で、自分を見つめた方がいいと思う。もちろんそういうのが必要な人もいるけどね」

彼女が何を言っているかちゃんと理解ができなかった。
でも一応頷く。

「あなたは、大きい問題はもう解決してるように見える。だから大変なことにはならないと思うよ」

ふと、旅に出る前に、自分がお母さんとの関係と向き合ったことを思い出した。
彼女にもそういう能力があるのだろうか。
私も人の色を見るとき、その人の抱えているものが少し暗い色で見えるのだ。

私はもう十分、と彼女はその後に続けた。
彼女は、少しハードな体験をしたようだった。

「実は、ここのお店の奥さんがシャーマンなの。彼女は素晴らしいわ。よかったら紹介してあげる」

「えっ！ そうなんですか！」

「人としてもちゃんと信頼できる人よ。シャーマンの腕も確か。あなたと合うと思うわ。スペイン語は出来る？ あなたがやれるのか、よかったら聞いてあげる」

そう言って彼女は、お店の奥に身を乗り出し、スペイン語で声をかけた。少しすると、その奥から、茶色い肌の大人しそうな、穏やかな感じの女性が出てきた。何も言われなければ、普通の現地の女性にも見える。だけれど目が、普通の人とは違う鋭さがあった。

お姉さんはまたスペイン語で何やら話をしてくれ、シャーマンの彼女は私の方を何度か見た。

話が終わると、シャーマンの彼女は、まっすぐな目で私を見つめた。
私も緊張しながら、彼女に目をやった。少しの時間、その女性は私を見つめると、軽く頷き、また彼女に何か言い奥へと消えた。

「うん。出来るみたいよ。でも……明日だって。明日以降はいつになるか
分からないって言っていたわ」

「えっ、明日ですか？？？」急な展開に、ついていけない。

明日！？ しかも、私がシャーマニックをする……。
彼女の方を向いたまま、無言で考えた。

本当にやっていいのだろうか？
本当に、これは正しい“タイミング”なのだろうか？
この話に、イマイチ現実味が持てなかった。

私は決めきれず、何も言えなかった。

彼女は、私のその様子を黙って見ている。
そして、優しく私に言った。

「『聖なる真実』に出会いたいんじゃないの？ その意志がハッキリしているなら、やってもいいと思うわ。でも何もないなら、やめておいたほうがいいかもしれないわね」

その言葉に、急に視界が鮮やかになった。
私の目の前に、自分の書いたあのノートの表紙が急に浮かんできた。

なんのために生まれて なにをして生きるのか
こたえられないなんて そんなのはいやだ！

手書きのインティとライミも、その文字の横で私を見ていた。
その答えこそが『聖なる真実』だと感じた。

「はい、やります」気が付くと、私は返事をしていた。
彼女は少しほほえんで、また奥の部屋にスペイン語で声をかけた。

「明日ここに朝９時だって。あと、今日は何か口にした？ 身体を浄化するため、今日は何も食べないで。神聖な儀式だから。もし食べるとしたら果物か薄味の野菜のスープを選んでね」

彼女は親切にそう教えてくれると、また何事もなかったようにお店の商品を眺め始めた。
いつの間にか、店の人はおじさんに変わっていた。
シャーマンの女性の旦那さんかもしれない。
やがて彼女とおじさんは、商品について話し始め、私は邪魔しないように彼女に小さくお礼を言うと、そのお店をあとにした。

それから、また来た道を歩いた。あのセントロの一本の木を通り過ぎ、坂を

上って自分の宿へと帰った。その途中の小さなお店で、バナナを一本だけ買った。その日はそれ以外何も口にしなかった。

坂の上のあのホテルに帰って来くると、そのままベッドに倒れ込んだ。
隣のベッドは、ルカの起きた時のまま布団が乗っかっている。

お腹が空いてあまり遅くまで起きていられそうになかった。
夕日が沈んで外が暗くなるのを、窓から見ていた。
私はずっと部屋の中にいると、時間の感覚が分からなくなった。

天井をみつめる。
もうルカのことは頭にはなかった。

明日、シャーマニックを受けるのか……。まだ実感がなかった。

けれど、『聖なる真実』に出逢いたい、
その動機はちゃんと持っていた。

その事実は私を安心させた。『聖なる真実』に出逢うことに違和感はなかった。波の中に漂っているようなそんな感覚だった。

彼女に会わなかったら、『聖なる真実』をしようとは思わなかっただろう。
彼女が私にタイミングを運んでくれたような気がした。
彼女が特別な人のように感じた。しかしその想いはまたすぐに消えた。

今朝の大きな一本の木を思い出した。
あの一本の木を前に、動揺していたのは私だけだった。
空も山も風も、そして一本のあの木でさえも、
なんでもないかのように、ただそこにあるだけだった。

あの黒髪の美しい彼女も、ただそこにいただけなのだ。

彼女は自分が私に大きな前兆を運んだことは、気付いていないかもしれない。
いいや、彼女との出会いもあの木のように、ただそこにあっただけなのかもしれない。

これは私の物語なのだ。
私がこの人生に意図を持つ時、
初めて前兆は現れ、そして観察する者はそれを読もうとする。

私が読んだから、それは初めて前兆になるだけで、
いつも世界は、何でもないようにそこにただあるだけなのだった。
それを思った時、なぜか少し悲しくなった。
だけどすぐに、世界は前兆を読んでくれるのを待っている気がしてきた。
そう思うと、少し嬉しくなった。
私が前兆を読むのをやめてしまったとき、
空も山も木も、それはただ何でもないものになってしまうのだ。

どうせなら、私は前兆を読む人生にしよう。

ただの世界と見るより、そのほうがずっと面白い。
これは、私の物語なのだから。
そして前兆を信じない人生は、奇跡も起こらない気がした。
奇跡もまた“前兆”と同じで、気付いた時からそこにあるのだから。
そう思うと、世界はいつも奇跡で溢れているように思った。
そのとき、部屋の天井や壁、壁の端にある小さな机が、全て特別に感じられた。さっきまでは、ただそこにあるだけのものだったけれど、今は意思を持って、こちらに何かを伝えているようにも思えた。

そしてまた、私の考えは明日のシャーマニックへと戻った。
いざ何かをやると決めた時と、ただそれを遠くで眺めている時では、
その物事は自分にとって違うものであると気が付いた。

その時、ルカの顔が浮かんできた。
ルカがなかなか『聖なる真実』のことを、
他人に口にしない理由がよく分かった。

本当に『聖なる真実』に出逢おうと心に決めた人は、
そうではない人とは全く違う気持ちでいるんだ。

そう思ううちに、私はもうシャーマニックを受けることを心に決めていた。

『聖なる真実』に出逢うことが、自分の人生においてどれだけ重要か、頭ではなくて、身体の奥の細胞のもっと奥の、その奥の奥の奥のもっと深い部分でちゃんと分かっている気がした。

私は布団にも入らず、ベッドの上に腕を広げ天井を見つめていた。
そしてそのようなことを、幾度も幾度も繰り返し考えた後、
私はいつの間にか眠りについていた。

目が覚めた時には、もう朝が来ていた。

また昨日のように顔を洗い、洋服を整え、ようやく日が昇り終わった頃、ホテルを出て、約束のお店へと歩いて行った。

この小さな村が高い山に囲まれているせいか、日が昇るのは遅く、
日が沈むのは早いように感じる。

いつものように坂を下ると、セントロにはあの一本の木が立っていた。白いテントのお土産屋は、商売を始めたところか、これから開店準備をするところらしく、テントを立てるために、大きな丸い骨組みの木を、みんなで組み立てていた。

時計を見ると、約束の9時の、15分も前だった。
他の路地で時間をつぶしながら、またあの店の前にやって来た。
それでもまだ5分しか経っていなかった。

ドアの前で待とうとしたけれど、何だか落ち着かなくて、やっぱり門を叩くことにした。しっかり閉まっているその木の扉をノックしようと手を掛けた時、先にドアのほうが開いた。
急に開いたので、私はビックリして少し後ろに下がった。

そのドアの向こうには、昨日のあの女性のシャーマンが立っていた。

何か急いでいるようで、目が慌てていた。
その後ろには、彼女の子どもたちが何人かくっついている。
私に気が付くと、彼女はスペイン語で何かまくし立てるように言った。

早口で話しながら、大きな目で私が理解しているか確認している。クスコという言葉だけはかろうじて聞こえたけれど、後は全く分からなかった。

「え……と、9時？ 9時にここのはず……」

彼女の焦りが伝わってきて、私まで焦ってきた。
ちゃんと言葉が出てこない。彼女は何を伝えているのだろう？
私が時間を間違えたのだろうか？

彼女は私が理解していないことに気付くと、同じことを何度も繰り返した。
しかし、早口のスペイン語では何も分からない。

そして、最後は少しため息をつき、諦めてそのまま子どもたちと坂を下って行ってしまった。私は唖然としたまま、彼女の後ろ姿を見ていた。

一体何があったのだろうか。
緊急事態なのは分かったけれど……。

自分の身に何が起こったのか分からないまま、その場に立ち尽くしていた。

シャーマニックが延期になったのだろうか。
それとも、私にその資格がなかったのだろうか。
言葉が分からないので、その緊迫した雰囲気しか伝わらなかった。
まるで怒られた後の子供の頃のように、自分を小さく感じた。

少し考えた後、彼女の店の前の柱に座り、彼女の帰りを待つことにした。
３０分ほど待っただろうか。しかし、彼女は帰って来ない。
私は不安になってきた。
一体この出来事には何の意味があるのだろうか。
私はだんだん、自分の読んだ前兆が馬鹿々々しくなってきた。

私は何て子供じみたことをしているのだろう。
黒髪の彼女に会ったことも、何でもなかったのだ。
一本の木も、たまたまそこにあっただけだ。

その考えは私の今までの旅を辿り、そして旅に出る前へさかのぼった。
飛行機で２人の日本人女性と隣の席だったのも、
まきさんにリョニーさんを紹介してもらったのも、
そしてリョニーさんが書いてくれた地図も、
全て何でもないことで、自分の勘違いのように思えてきた。
その途端、急に不安になり、そして恥ずかしくなった。

私は何をやっているんだろう。

ノートの表紙に書いたあの言葉も、破り捨てたくなった。

なんのために生まれて　なにをして生きるのか
こたえられないなんて　そんなのはいやだ！

そんな大きなこと、私が分かるわけがない。それにそんなことが分かったところで、一体何の役に立つというのだろうか。世間一般の多くの人たちは、そんなことは重要とも思わず、人生を送っているのだ。

安定した良い会社に入ることだったり、
高い年収をもらうことだったり、
いい家に住んだり、有名になったり、かっこいい彼氏がいたり、
そういうことが、一番大切なことのはずなんだ。

そう考えた後、柱にもたれて、そして何も考えられなくなった。
空も山も風も、全部ただの、そこにあるものだった。
そんなもの、何でもないものだ。
私は動かず、ただ地面ばかりを見ていた。
どれくらい時間が経っただろう。
急におじいさんに声を掛けられた。
それはシャーマンの彼女の店の、向かいにある店の主人だった。
彼は、私に起こった一部始終を全部見ていたようで、何かスペイン語で話し

かけてきた。でも、何を言っているか全然分からなかった。

私が理解していないと分かると、根気強く、何度も話しかけてくれた。そして何度目かに、同じことをゆっくり言われた時、彼女はもうここには戻ってこないということが分かった。

そしてここで待っていても無駄だということもわかった。

「……Gracias」

彼にそれだけ言うと、またがっくりとして、私はもと来た道を歩き出した。
彼の心配そうな顔が後ろに見えた。
地面を見つめたまま、とぼとぼと歩いて行く。
適当にぶつかった道を曲がりながら、ゆっくりと歩いた。
少し歩いたところで、見慣れた道に出たことに気付いた。
ふと顔を上げると、あのカフェの前に来ていた。

コーヒーでも飲もう。

そう考えて、スカイブルーの扉を開けた。
いつものように芳醇なおいしそうなコーヒーの香りが漂っている。

今日見るそのカフェは、何でもない、ただのオーガニックカフェだった。
掲示板に貼っていた色んな案内も、全部が胡散臭く見えた。

座っている客も、汚い洋服を着た、汚れたヒッピーばかりだった。
自分の国に馴染めず、こんな遠い小さな村まで来てしまったんだろう。
みんなかわいそうで、気の毒な人たちにさえ思う。
自分の人生を信じられない人たちなのだろう。

この前座った一階のフロアはどうも落ち着かず、そのまま階段を上がって２階のフロアへと移った。

階段を上がりきり、２階のフロアへ行くと、そこには見知った顔があった。
昨日、あのシャーマンのお店で出会った女性の彼氏だった。彼は私を見ると、驚いたような顔をした。そして英語で何か言ったけれど、私はまた理解できなかった。

彼はそんな私の様子をみると、すぐにとても簡単な英語を、ゆっくり話してくれた。

「どうしたんだ？ 君は今日『聖なる真実』に出逢うはずだっただろう？」

彼の声は優しく、何かを察してくれているみたいだった。
それを聞いて、少し心が楽になった。

「うん…… 私にも分からない。彼女は突然どこかへ行ってしまったんだ」

正直にそう言うと、途端に恥ずかしくなった。
私に『聖なる真実』に出会う資格なんてなかったのだ。
すると彼は、そんな私の気持ちを理解した様子で、またゆっくり易しい英語で言った。

「彼女の店の隣を訪ねてみなさい。誰も出なくても中に入るといい。中には彼女の助手の、セバスチャンという人がいるから、彼を尋ねたらいい」

私が理解しているか確認する為、彼は子供を見るような目で、私の今にも泣きそうな顔を覗き込んだ。

「……はい」

私は彼の言葉がよく理解できていた。やっと絞りだすようにそういうと、彼は静かに笑って、コーヒーを飲み始めた。

彼のコーヒーの香りに、ぼんやりした頭が少しずつ冴えてきた。
でも、また彼女のお店に戻るのか……。
朝の出来事を考えると、気が重たかった。
もう宿に帰ってしまいたかった。

彼がコーヒーを飲みながら、目だけでこちらをチラリと見た。

その彼の目を見ると、“大丈夫だ。うまくいくよ”と言われた気がした。

「ありがとう」と彼に英語でお礼を言うと、私はまた階段を降りた。

そしてもう一度、彼女のお店へ向かうことにしたのだった。

彼女のお店の前に着くと、店の前にいたおじいさんはもういなかった。今度は言われたとおり、店の隣にある門の前へ立つ。ここは彼女が暮らす家のようだ。呼び鈴を探す。呼び鈴は壁の少し高いところに取り付けてあって、背の低い私は、背伸びをしながらそれを鳴らした。

もう一度、今度は長めに鳴らしてみる。
しかし何度鳴らしても、中からは誰も出てこない。
ブーという呼び鈴の音だけが、むなしく鳴り響いた。

やっぱり引き返そうか。
怖くなってそう思った時、さっきの男性の言葉が思い浮かんだ。

「誰も出なくても中に入ればいい」

私はごくりと唾（つば）を飲んだ。門は厳重に閉められている。

試しに門を少し押してみた。
ギーッという錆びた鉄の鈍い音がして、門は簡単に前に開いた。
そのまま門を押してしまい、私は中へと入っていった。

外からは分からなかったけれど、門の内側には広い庭が広がっていた。
色んな植物や花が植えてある。
あのお店で匂った、ハーブも咲いていた。
シャーマニックに使うのかもしれない。
いくつかの花やハーブが束ねられ、地面に置かれていた。

その庭の奥へ入って行くと、住居のような建物があり、その一階が倉庫のような、土間になっていた。

古い建物のようだった。
ドアはなく、中は丸見えだった。
テーブルや冷蔵庫、小さなキッチンがあった。

そのテーブルの前には、白人の男の人が座っていた。
彼は椅子に座ってくつろいでいたが、私の足音に気付いてこちらを見た。

特に警戒する様子もなく、コップで何か飲みながら、彼は椅子をガタガタと上下に揺らしていた。

「……あ、あのぉ」私が何か言いかけると、彼は先に口を開いた。

「セニョーラを尋ねたのかい？ 彼女はここにいないよ」

彼は聞き取りやすい英語でそう言った。
セニョーラとはスペイン語で、既婚の女性の意味だった。
そして彼が言っているのは、あの女性のシャーマンのことのようだ。

「今日シャーマニックをする約束をしていたんです。でも彼女は突然どこかへ行ってしまって……」

私はゆっくりとした英語で彼にそう伝えた。
彼は、あぁ、とだけ言って、私に椅子へ座るようにうながした。

「お茶を飲むかい？」

彼は、慌てることなくゆったりとした態度で、まるで友人とお茶を飲むかのように、私にお茶を勧めた。
彼の持つ空気に、今までの緊張がするすると溶けていく。

「あ……はい。じゃあ、いただきます」
私はとりあえず椅子に座った。彼は、色んな種類の薬草をぐつぐつと煮ている鍋に、コップを突っ込んでその液体をすくって、私の前に置いた。

「マンサニーアとムニャだ」

彼は薬草の名前だけ言うと、そのコップからはハーブのいい香りが広がった。
その香りに、心が段々落ち着いていくのが分かった。
コップに口をつけ、そのマンサニーアとムニャを味わった。
爽やかな味と香りが口いっぱいに広がる。
頭がスッキリとした。

彼はおもむろに、壁に立てかけていた長い棒のようなものを取り出し、そして手入れを始めた。その棒は前に見たことがあった。ディジュリドゥという楽器だ。たしかオーストラリアの先住民の楽器だったと思う。私が見ていると、彼は手入れをしながら言った。

「これはディジュリドゥだ。知ってるかい？
自分で作ったんだ。竹で出来てるんだ」

そしてその棒の先端に口をもっていき、ふーと息を吹いた。最初は息が漏れたようなだけの音が響き、次に吹くと重厚な音が鳴った。

「あなたはオーストラリア人ですか？ ここで何をしているんですか？」
ディジュリドゥを見て、彼にそう質問する。

「ははははは！」彼はそれを聞いて、急に笑った。
オーストラリア人というのが面白かったらしい。

「ぼくはイギリス人だよ。セバスチャンっていうんだ」
それは、カフェであの男の人に教えられた名前だった。

「イギリスでカメラマンをやっていたんだ。旅も当初は写真のためだったけどね。だけど、だんだん商業的な、金儲けの写真に嫌気がさしてね。ここで音楽をしたりシャーマンの手伝いをしたりして、まぁゆっくりしてるんだよ」

彼の英語はなぜかよく聞き取れた。

私がリラックスしているからかもしれない。

「あなたもシャーマンなんですか？」

「まさか！ そんなに簡単になれるもんじゃない。まぁ今はなれるのかもしれないけど、それは本物じゃないよ」

「シャーマンになるには植物の言葉が分からなければいけないからね」

そう言いながら、彼はまたディジュリドゥに口をつけて、空気を入れて遊んでいた。低音の音が漏れる。

「これは僕が描いたんだ。なかなかいいだろ」

そう言って、ディジュリドゥの表面に描かれた模様を私に見せた。
それは黒いインクで描かれた不思議な模様だった。
彼の言うとおり、なかなかよかった。

「私も絵を描いてるんだ」ボソリと言った。
「え？ そうなのか？」

うん。と答えてそれ以上は特に何も言わなかった。マイクに訊かれた時のように、携帯で自分の絵の写真を見せるのさえ面倒だった。

「じゃあぼくがこれを吹くから、きみは絵を描いてよ」
彼はそう言うと、立ち上がって後ろの棚の上にあった、紙とペンを持ってきた。

「コレでいいかい？」それらを机の上に、乱暴にのせる。
「え？ でも……」

私が返事をする前に、彼はディジュリドゥの先に口をつけ、また空気を入れた。自分の準備ができると、目でこちらに合図した。私も紙を広げ、そこに転がっているボールペンだけ握った。３色ボールペンの黒を出す。

紙にペンをつけると、すこしワクワクした。絵を描くのは久しぶりだ。

私の準備ができるのを見て、彼は思い切り息を吸い込んだ。
そしてその長い棒の先端に口をつけ、今度は思い切り吐いた。
低い重低音の音が部屋中を響き渡った。

ワタリガラス

セバスチャンのディジュリドゥの音楽に合わせ、私もペンを動かしていく。竹で作ったユニークなその管からは、うねるような、重低音が響き渡った。それは不快な音ではなく、腹の底を震わせ、私の身体の奥を振動させた。ただその振動に任せ、何も考えずペンを動かしていく。

白い紙に、うねうねとした線が出来てきた。
そしてその線は、模様となり、幹となり、枝となり、いつしか大きな一本の木となった。それは私が、旅に出る前にずっと描いていたあの“一本の木”だった。そしてこの小さな村のシンボルであり、旅先で会った、マイクの見たあの一本の木だった。

音の振動と私の腕は一体となっていた。
彼の呼吸と私の呼吸は、同じだけ吐いたり吸ったりを繰り返した。

それはとても気持ちのいい瞬間だった。
まさに、セッションと呼べるものだった。
その間、私と彼は、無心で振動にゆだねた。

しばらくすると、彼のその楽譜もない無計画の音楽が、
もうすぐ終わってしまうのが分かった。
それに合わせ、私の線も終わろうとしていた。

最後に、いつものようにあの正三角形の模様と、ワタリガラスを数羽飛ばして、私たちはぴったりと、全ての振動を終えた。

時間にして10分程だっただろうか。
しかしその瞬間は永遠にも、一瞬にも感じた。
部屋中がシーンと鎮まり、耳の奥に余韻だけが残っていた。
彼も私も、まっすぐ一点を見つめ、それぞれの呼吸に戻った。

「ははは」

突然彼は、独り言のように笑う。
彼の笑い声は、その場の空気を少し違うものに変えた。
私も彼のその気持ちがよく分かって、幸せな気分になった。
私の顔も笑っていた。

素晴らしいセッションだった。

セバスチャンはようやく私の描いた絵に目を落とす。
ふう〜んと、何か納得するような顔をして、そして今度は何かを読み解くようにまじまじとそれを見た。

「いい木だね。だけど、この木を見ていたら、急に今日の夢を思い出しかけた」

「え？ 夢？」私は聞き返す。

「そうなんだ。今日夢を見たんだ。だけど、この絵を見るまで、夢を見たことも、それを忘れてしまっていたことも、すっかり忘れていたよ。あぁ、だけど、最後に出てきたシーンがあって……そうだ。それだけ今思い出した」

彼の頭は、ぼんやりとした夢の記憶を掴もうとしていた。

「RAVAN（レイヴン）……そうだ、RAVANだ。その文字だけハッキリ出たんだ。何の意味だか分からなかった」

私は、独り言のような彼のやり取りを、黙って聞いていた。
自分の身体の奥が静かに振動して、熱を持つのが分かった。
瞬（まばた）きもせず、ただ彼を見つめた。

「君はこの意味を知っているかい？ RAVANっていうんだ」

私はそのまま黙って、彼の言葉に頷いた。

シャーマンの女性と、そしてセバスチャンがいた家を出て、
坂道を上がり、自分のホテルへと歩いた。

彼にRAVANとはワタリガラスという意味だ、
と伝えると「ふうん」とだけ言った。

「なんだ、ただの鳥だったのか。そんな鳥もいるんだな」とも言っていた。彼にとっては、あまり重要ではなかったようだ。彼が期待していた答えより、つまらなかったからかもしれない。

しかし、私にとっては彼が“RAVENの夢を見た”というのは、とても重要な事だった。あの時描いた、一本の木の意味であり、私が彼に会った意味でもあり、この一連の流れに対する答えでもあったからだ。

宿へ行く、舗装されていないデコボコの坂道を、ゆっくりと歩いていた。
また私は、“前兆”を読もうとしていた。
いつの間にか坂の途中のセントロまで出る。
あの大きな木が朝と同じようにそこに立っていた。

朝、シャーマンの彼女が行ってしまった時、私は悪い前兆だと思った。
自分のこの『聖なる真実』までの道は、全て間違いだったんだと、判断した。

前兆の全てを信じられなくなり、もうそんなもの、読むのもやめてしまおうと思った。戸惑い、恥ずかしくなり、急に不安になったのだ。
でも、もしかしたら、そうではないのかもしれない。

彼とのあのセッションの時間と、彼の夢の破片が、私の中で、肯定的な確かな響きを残していた。

「うん」独り言のようにつぶやいた。

長い坂を登り終え、自分の宿に到着した。

宿に帰り、自分の部屋に戻ると、ベッドに思い切り倒れ込む。
体が疲れたと思ったが、疲れているのは心の方だろう。
この村に来てから、とにかく1日が長い。

ベッドの上で横になり、目を開けたまま、ただ見つめていた。
そこにあるのはルカがいたベッドだった。何も考えたくなかった。

お腹は空いているし、洗濯もしたい。後もう少ししたら、フルートのコンサートに行かなければいけない。そう言えば今日シャーマニックを受けていたら、このコンサートには行けていなかっただろう。

そんなことをふと思った。
これも前兆だろうか？
でも、前兆を読むのはやめておいた。
私の身体は鉛（なまり）のように重たく、ベッドの上でビクともしなかった。
そのまま半時間ほどボーッとしていたと思う。

急に部屋のドアがコンコンとノックされた。
やっとのことで上半身だけ起こし、ドアの方に顔を向ける。
誰だろう？ 宿のオーナーだろうか？
お金は出るとき払うと言ったはずだけど。

「はーい」と、返事をしたのと同時くらいに、ドアがガチャリと開いた。
ドアの隙間で影が動いて、誰かが顔を覗かせた。

「まほちゃーん。おっ、いたいた」
そこにいたのは、なんとルカだった。

「え？ え？？ 何で？？ クスコは？？」
私は驚いて質問する。

彼がそこに立っていることが信じられなかった。

「いや、それがさ、俺もビックリしたよー」
ルカは部屋に入り自分のベッドに荷物を下ろした。

「まほちゃん、今日フルートのコンサート行くでしょ？」
「う、うん。行くけど……」一体それと何が関係あるのだろうか。

「それがさ、あのあとクスコに行ったら彼らに会えたんだよ。それで話してたら、明日コンサートに出るから、もうクスコを出るって言われて」

うんうん。彼らとはアサラトのアーティストだろう。ルカは念願の彼らに会えたのだ。それでもまだ意味が分からなくて、ただ頷いた。

「そして聞いたら、まほちゃんの行くフルートのコンサートと一緒だったんだよ！」

……え？ それでもまだ意味が分かってなかった。

「意味分かってないでしょ。だから、マホちゃんが誘われたフルートのコンサートと、彼らは今日、一緒に演奏するの！ 一緒のコンサートなの！」

「――え？ ええ？ えええええ？？」

こんなことあるのだろうか？ どうなったらそう繋がるのだろうか。
偶然にしてはあまりにも出来過ぎていた。あの日、私がここに残ったのも、ルカのクスコへ行くという選択も、結局今、おなじ場所に辿り着いた。

そして彼とはまた一緒にいるのだ。
私は、まだ混乱していた。

「しかもね！ 彼ら、少し前この村に来た時良いシャーマンに出逢ってるんだよ。その話も聞いてきた。そのシャーマンを紹介してくれるんだって。**タイミングがきたよ！！** まほちゃん、一緒にやろうよ！！」

もう、何が何だか分からなかった。
私は、ルカに一体どう説明すればいいのだろうか。ここにくるまでに物凄く長い物語があったことを、どう伝えたらいいのだろう。

その物語の最後の重要なピースを、
彼自身が運んできてくれた事も話さなければいけない。
私の"前兆"の読みは間違ってはいなかったのだ。
私はまた"前兆"を信じようと決めた。

全ては完璧で、きちんとピースははまったのだ。
それは、わたしの理解をはるかに超える形で。
時にはその瞬間の判断さえ、小さいものにしてしまうような、大きな視点で。
でも必ず、"前兆"を辿る物語はハッピーエンドだった。

「あー疲れた。まほちゃんフルートのコンサート行くでしょ？ もうすぐ時間じゃない？」彼はいつも通り、あっけらかんと言った。

「あ、うん。そうだね」
私も、もうよく分からないまま返事をした。

そして簡単に用意を済ませ、また外に出る準備をした。私の目の前にはまた、もう見慣れた、くすんだ青いウィンドブレーカーの背中があった。

ルカが思い切り部屋のドアを開ける。
もう、外はすっかり暗くなっていた。

私たちは、二人でまた扉の外へと出ていった。

聖なる真実

シャーマニックは5日後だった。私たちは、この宿のオーナーにあと一週間は泊まることを告げた。しかしこの5日間が、私にとって地獄のような時間となった。

シャーマニックを受けるには準備が必要だった。それは心と身体の準備だった。まず、食べられるものが決まっていた。

お肉や豆類、塩や調味料、油、味の濃い野菜は食べてはならず、食べてもいいものも限られていた。

シャーマニックの儀式に向けて、身体をキレイにしなければいけないからだ。
これは、遊びではないのだ。その準備の期間からもうすでにシャーマニックが始まっていると言っても過言ではなかった。

なぜならその食事制限はとんでもなくキツイかったからだ。

油も使えないので、調理が出来ない。ほとんど果物だけで過ごした。
たまにお米も炊くけれど、それも味をつけることは出来ない。
お腹も心も満足行かない食事が続いた。

食べるのが大好きな私は、2日目にしてもう音を上げていた。
そして、体が慣れず体温が上がらなくなってしまった。
一日中、布団に入っても手足の先まで冷たかった。

「ルカ…… もう限界だよ」
「え?……じゃあ辞めれば?」

この日のために、ずっと準備をしてきた彼にとって、中途半端な気持ちでシャーマニックに臨む人が隣にいて、心地いいわけがなかった。

しぶしぶ自分でコカ茶を入れて、空腹を紛らわす。
身体が冷えて、寝るときも分厚い靴下を重ねた。
食事制限がこんなにキツイなんて……。
早く終わって欲しかった。この苦痛から解放されてお腹いっぱい好きな物を食べたい……。

——そして3日目、衝撃的な事が起こったのだ。

「まほちゃん、俺、今回は辞めとくわ」

「えっ！　どうして？？」

それはルカからの宣言だった。

「この前シャーマンに会っただろ？
ハッキリ言ってピンと来なかったんだ。
俺はこのタイミングじゃないと思う。自分の出会いを信じるよ」

一瞬、食事制限がキツイからかな？　なんて思ったけれど、
彼の態度に、そんな思いはすぐに打ち消された。
真摯（しんし）な彼の純粋な決断だった。

「そ、そっか……分かった」
そう言いながらも、私ももう辞めてしまいたかった。

「まほちゃんは？　続けるの？」
ルカが聞いた。
つい先日、私も彼と一緒にシャーマンに会っていた。

シャーマンは男性で、少し怖そうな無口な人だった。
でも大きな瞳の奥に、神秘的ななにかを感じた。
私は、彼に好感が持てた。
そして何よりここまでの前兆を信じていた。

「い、いや……私はやるよ」
もう一度、自分の口でそう決断した。
しかし、毎日の食事への忍耐が試されているような感覚だった。
本当にお前はやるのか？　と。

そうして５日目になり、ついに明日がシャーマニック本番の日となった。
最終日は、食事がもっと過酷になる。
昼食も水以外はほとんど口にしていない状態だ。
もう私の身体は限界だった。

明日のシャーマニックのことより、

終わってご飯が食べられることのほうが楽しみだった。
終わって、次の日になれば、
お腹いっぱい食べられる……！

そしてその夕方、ドアがノックされた。
ドアにオーナーが立っている。

「まほを訪ねて誰か来たぞ」

そのとき、たまたまルカが出かけていて私一人だった。
誰だろう？

外に出てみると、そこにはあのシャーマンと、
助手のような女性２人が立っていた。
夕方の薄暗い景色を背に、その３人組の風貌は圧巻だった。
凄まじい存在感だ。

「まほ、延期する」
「え！?」
「明後日だ。もう一日食事に気をつけろ」

え〜〜〜〜〜〜〜〜！！！

そう言うと、彼らはくるりと背を向け、また何事もなかったように戻っていった。

う、嘘でしょ……この過酷な食事制限をもう一日……。

そして、その晩もほとんど食べないまま、明後日の本番を待つことになった。

待ち合わせは夕方、セントロの近くの“青いリャマ”の建物の前だった。
私はもう体力がなくヘロヘロだった。体温も全然上がらない。

相変わらず、セントロには大きなあの一本の木がそびえ立っている。
大きな山と、日の落ちかけた薄オレンジの空をバックに、その一本の木は、また一段と存在感を増していた。

少しすると、ちらほらとメンバーが揃い、私たちは出発した。
人数は１０人前後。現地のペルー人の女の子や、ヒッピーやヨーロッパ系の旅人、５０歳前後のご婦人など人種や年齢も様々な人が揃っていた。

私はお腹があまりにも空いているのと、スペイン語が話せないのもあって、誰ともコミュニケーションをとらなかった。

小さな村を出て、みんなで３０分ほど歩いた。
村を抜けると、家もほとんどなくなり、畑ばかりになった。
空はいつの間にか暗くなり、満月はくっきりと姿を現している。
シャーマンたちはこの満月を待って延期したらしい。

私たちは、今度は山を登り始めた。もう誰も話す人はいなかった。
どれくらい登っただろうか？
ようやく、目の前に一軒の家が見えてきた。

「着いたぞ。ここだ」

シャーマンがそう言って、家の中へと入っていった。

その家には電気もガスも、水道もなかった。
ロウソクが幾つか置かれており、家の明かりを守っていた。
水も、外の水場から桶でくんでこなければいけない。
家全体がロウソクの火だけで、薄暗く柔らかいオレンジ色に包まれていた。
不思議な空間だった。

シャーマンの準備がすべてが整った頃には、もう零時を過ぎていた。
外は真っ暗だった。

「みんな、上へ。始めるぞ」

シャーマンはゆっくりそう言うと、
果物を盛りつけたお皿を持ち、２階へと上がっていった。

２階の部屋は広い客間のようになっていて、
マットレスや布団、ブランケットが敷き詰められている。

「どんな神様を信仰していようと、何の宗教に入ろうと、『聖なる真実』はひとつだ」

誰かの質問に、シャーマンは静かに答えた。
みんなそれぞれ、好きな場所に座る。

私も、どの場所がいいか探していると、

「まほ、お前はここだ」

大きな目で私をぐるりと見ると、
シャーマンは、自分の前方にある壁の端を指差した。

「えっ……はい」
私は言われるがままに、静かに示された場所に座った。

そしてシャーマンは真ん中に座り、周りを見渡し、静かに口を開いた。

彼の説明は英語だった。
スペイン語より、英語の出来る参加者のほうが多かったからだろう。
しかし、私は彼が何を言っているかほとんど分からなかった。

お腹も空き、身体も冷え、集中力は限界だ。
早く、早く終わらないだろうか……。
不謹慎にも、終わったあとの食事のことしか考えられない。

シャーマンの説明が、耳を右から左へと流れていった。
その時、聞き流していた彼の、ある言葉が、急に耳に飛び込んできた。
「……なぜ『聖なる真実』に出会いたいのか、その理由だけ知っておきなさい」

――なぜ、私は『聖なる真実』に出会いたいのか……？

私は働かない頭で少し考えた。

きっかけはルカが誘ってくれたからだ。
だけど、彼が辞退しても、私は一人でやると決めた。

――なぜ私はここにいるんだろう？

お腹は極度に空いていた。頭はよく回らない。

――私は何で旅に出たんだろう。

旅に出る前のことが、少しずつ蘇ってくる。
たくさんの偶然が重なってここにいること、
そして『聖なる真実』へと、繋がっていまここにいること。

リョニーさんやルカ、飛行機で会った女性、宿のオーナー、まきさんや、
やよいさん。たくさんの前兆。
あのノートに書いた言葉が目の前に浮かんだ。

なんのためにに生まれて なにをして生きるのか
こたえられないなんて そんなのはいやだ！

クスコの宿で、この歌詞が流れてきた時、体中の血液が勢い良く駆け巡ったような衝撃を受けた。

『よし、この旅が終わったら、私は何の為に生まれて、何をして生きるのか、ちゃんと答えられるようになりたい』

――なぜ、私は『聖なる真実』に出会いたいのか。
あの時、クスコの宿のベッドで決めた、この旅の目的が、その問いへの私の答えだった。

シャーマンの英語が止まった。
そして『聖なる真実』の儀式が静かに始まったのだった。

一人ずつシャーマンに呼ばれ、両手を横に広げて彼の前に立った。
少しして、私もシャーマンに呼ばれた。

彼は口に空気を含むような音で、不思議な言葉を話しながら、目の前に立った私の身体より、少し離れたところを撫でるように、丁寧に手を滑らせていく。やがて、彼の手は私の背中の近くへ来て、足の間のあたりをくぐって終わった。その間、私は目をつぶっていた。

彼の話す言葉が、耳の奥で何度も揺れる。
不思議な感覚だった。

「……OK」

そして植物を煮出したものを、少しだけ飲み、
口直しに果実を口に入れた。
それが終わると、私もみんなと同じように元の場所に戻った。
用意していたナイロンの寝袋に足を突っ込み、すっぽりと中に入る。
そのまま暗闇の中、上を向いて横になった。

暖かい寝袋は自分だけの世界のようで安心する。
少しの間、その自分だけの場所で、子供のようにくつろいでいた。

みんな終わっただろうか？
そう思ったのも束の間、私の視界はすぐにクルクルと回り始めた。
本当に少しの時間しか経っていなかった。

chapter 2

厳しい食事制限をしていたからか、他の人よりも随分早く変化が来ているのが分かった。他のみんなの咳き込む声や、ブランケットの音がどんどん遠くなっていく。

何も抵抗できないまま、その渦の中に深く、深く落ちていった。
その渦を深く、深く落ちていきながら、自分の感覚がどんどん今まで経験したことのないものへと変わっていくのが分かる。
もう頭では色々考えられなくなり、
純粋で素直な、そのままのむき出しの感覚のみとなり、
そしていつの間にか、深い真っ暗闇にいた。

大きな光がやってきた。それはまるで火の鳥のようだった。

雄か雌か分からず、それは光のようでもあり、きちんとした形はなかった。先が尖っていて、鳥のように見えたけれど、よく見ようとすると、ひらひらと形を変化させた。

懐かしいような気持ちになった。私はそれを知っていた。
その火の鳥のようなものは、「全てを知っている」ように感じた。

「ついておいで」

声のない言葉だったけれど、意味が明確に分かった。

ある時、そこには美しい満点の星が広がっていた。
遮るものはなにもなく、ただただ深い夜だけが広がっていた。

私は船の先端の、木の板に頭をつけ、星空を眺めていた。
小さな身体は、その先端にすっぽりとおさまり、とても居心地がいい。

グレーのぶ厚くて重たいブランケットを顎まで引き上げ、

そのザラザラとした手触りを感じていた。

船には家族が乗っており、大人は明かりを持ちながら柄を漕いだ。

家族と言っても、それは両親だけではなく、
血のつながりの濃い親戚たちは、みんな家族だった。

茶色い肌の鷲鼻の横顔が、警戒しながら遠くを眺めている。
黒い髪の毛を真ん中で分け、幾何学模様が編まれた細い布を額に巻いていた。

家族の灯す赤オレンジ色の光は、とてもあたたかかった。
私はまた星空を眺めた。
あたたかい光と私たちを乗せた船は、ゆっくりだが、確かに進んでいく。

胸が、深い安心感でいっぱいになった。
私たちはどこへ行くのだろうか?

でも、それはどうでもいいことだった。
この幸せな心地よさだけが、確かに大切な事だった。

船の進む時に上げる小さな波の音と、虫と鳥の鳴き声だけが
夜空に心地よく響いていた。

ある時、荒々しい馬のひずめの音と、薄茶色の砂埃を巻き上げながら、
馬に乗った人たちの群れが走り去っていった。

その群れの人数はとても多く、
何かただならぬ様子で、けたたましく何処かへ向かっていった。

私はそれを、すぐ隣の崖の上から覗いていた。
私がいるのは、その群れが通って行く道を作っている崖だった。

誰もこちらには気が付かない。
気が付いたとしても、すぐ隠れることができるだろう。

私の他に、3、4人、隣で息をこらして見ている仲間がいた。
私は生成り色の、麻の目の詰まったような洋服を着ていた。
半ズボンだったのか、膝に石がささり少し痛かった。

その群れはまだ途切れそうにない。
それほど多い人数が渡っているのだろう。
その薄茶色の砂埃に紛れ、私たちはじっと堪えて、それを見ていた。

また、夜だった。
上からガバリと羽織れるような白い長いワンピースを着て、
私となほはクルクルと踊っていた。

といっても、なほはその時なほという名前ではなく、
私も、まほという名前ではなかった。
けれど、私たちは女だった。
すごく高い崖の端で、私たちは踊っていた。
なぜなら、今日は月が重要な場所を指す日だからだ。

私たちは、新月と満月が農業にどれだけ大切な意味をもたらすのか知っていた。夏至と冬至の本当の重要さを知っていた。
月と太陽の法則が、私たちの身体の全てを動かすことを知っていた。

私たちは崖の端で踊り、向こう側では大人が火を焚いていた。
私たちの方には、ぼんやりとした少しの暖しか来ないけれど、
向こうでは、火がごうごうと燃えているのだろう。
選ばれた大人が一晩中、火の管理をするのだ。

私たちは、クルクルと踊った。
日常ではない神聖さと、歓喜に満ちた時間だった。

そうして私は、何百もの、私ではない“私”と出逢った。
それは男だったり女だったりした。

時代も性別も、土地も言葉も、名前も違った。

しかし、その瞬間は、それは自分だと分かるのだ。
“分かる”なんていうのは生易(なまやさ)しい表現で、口にスープを入れた時、もちろん自分だけにその感覚が広がるように、しっかりと、その瞬間、自分の感覚がすべての“私”の中にあった。

それは夢ではなく、今までで体験したことのないものだった。
だけれど、彼らすべてが紛れも無い自分で、
そして私が感じていることは、いつも変わらなかった。

痛かったり寂しかったり幸せだったり嬉しかったり、
今の生活で感じる、ただそれを、その時も感じていた。

夢の中のように、時間はまったく関係なく、
ノートの端を弾いてパラパラ漫画をめくるように、一気にいろんな“私”が過ぎ去っていった。

一つ一つのページは大変細かくて壮大だけれど、
大きく見たら、パラパラっと一瞬で過ぎてしまう、そんな感じだった。

時間はいつも、一瞬であり永遠で、そしてそれは同じ意味だった。

そしてその弾かれたノートのページが、１９８７年4月２４日へ来ると、
私は不透明な見えにくい膜のような中から、小さな光だけ感じた。
その膜の内側から、もがいた。
そして一気に、水色の光に変わり、そしてたくさんの色がある方へ。
明かりが眩しすぎるその中へ。

急に身体が重たくなる。

ちゃんと身体としての、確かな感覚の中へ……。

１９８７年４月２４日、私は生まれた。
お母さんの子宮を通り、「まほ」として。
約束通り双子の「なほ」と一緒に。
その瞬間、私の胸からとてつもなく優しくて柔らかいものが溢れて
私を満たし、暖かく包み込んだ。

幸せで満ち足りて、ただそれだけで、全てが許され十分だった。

目から途切れることのない暖かい一筋の涙が、
スーッと頬をつたい、その瞬間はこの身体でそれを感じていた。

なんて幸せなんだろう。
そう思う気持ちが永遠に続き、そして一瞬で消えた。
そしてその奥に、不思議な気持ちが存在しているのに気が付いた。

それは、いうなれば違和感だった。
少しひっかかる気持ちがあった。
体験したことは紛れもなくすべて本当だった。
私だけには、そう分かった。

自分の見たいと思っていたものが、余すことなく見れたと思う。
確かにそのとおりだ。

しかし、何故かひっかかる。
なんでだろう。

人間としてのすべては見れたはずだ。

すると、どこからか声が聞こえた。あの火の鳥だろうか。

「もっとみたいですか？」

それはまた声のない言葉だった。

瞬時に、私は「はい」と答えた。
それも声のない言葉だった。

「はい」以外、言えなかった。
なぜなら、もう答えはいつも奥底にあるからだ。
いつもその反対などないのだ。
本当は『在る』しか、存在しないのだ。
すると、そこから一気に、体験が変わった。
それは、**私の人生で一番、忘れることのできない、恐怖体験だった。**

急に、深い、深い渦の底から一気に引っぱり出されるように、
私の目は“覚めた”。

そしてすぐに異変に気が付いた。
この手、目、耳、舌、鼻、すべての感覚が、感覚ではなくなっていた。

私はそのとき狭い小さな寝袋の中にいた。私は急いで、自分の身体を触った。
何度も何度も手でこするように洋服の上から触った。

しかし、“触る”という感覚が、ないのだ。ないというか、いつもと違うのだ。
自分が触っているかどうかすら、分からなかった。

一体どういうことが起きたのか分からなかった。
私は混乱し、怖くなった。
そして次に、目の前にある寝袋の中の布を触ってみた。
こうやって手で、いつものように、ナイロンの感触を、何度も撫でてみた。

しかし、この手で寝袋を触ろうとしても、触ることが出来なかった。
触っていたのかもしれない。
だけれど、触っている感覚がなかった。
一体どこまでが自分の手で、どこまでが寝袋かが分からなかった。
「触る」というのがどういうことか、分からなくなっていた。

そして私は、慌てて確かな感覚を探した。
次に、自分の親指の爪の付け根を、思い切り前歯で噛んだ。
何度も何度も噛んだ。

しかし噛んだ感触も、親指の痛みの感触も、何もなかった。
そして何度も同じようにしていると、「痛い」といういつもの感覚が
どんなものだったか分からなくなってきた。
モノに触れるということがどういうことか、
分からなくなってしまった。

もう「見る」こともできなかった。
この目で、いつものように、じっと、見つめるのだ。
確かにこの「目」で、凝視するのだ。

だけれど、指を見ることができない。指の先も、もう全部、粒子のように、
変化し続け、ゆらゆらと揺れているように見えた。
目をこすっても、こうやって、いつも通り、目を使ってみても、
指を「指」として捉えることができなかった。

私は慌てふためき、困惑した。

考えて欲しい。

自分が、この自分が、「指」を指と見えるから「指」であって、
自分がこの目でどんなに見ても、それが「指」に見えなくなった時、
一体、「何が」確かなのだろうか……？

世界を、自分が、ちゃんと感じられなくなった時、
初めて分かることがある。

確かなものなど、ないのだ。
私は気持ち悪くなって、思い切り寝袋から身体を出した。

そして寝袋の外の世界へ戻ってきた。

そこは、さっき確かに自分が寝ていた場所だった。

ロウソクをつけたのだろうか？ それとも目が慣れたのだろうか。
部屋全体が、均一にオレンジ色で薄暗かった。
けれど周りの様子はハッキリと見えた。
前にはシャーマンがあぐらをかいて座っていた。

他のみんなは、それぞれブランケットを被ったり、
壁にもたれて座ったりしている。

隣に目をやると、隣には白髪のおじいさんが座っていた。
私は彼がいたことに少し安心して、
怖くてたまらないこの今の状態を、何とか伝えようとした。
手を伸ばして、隣のおじいさんの腕に触れた。

しかし、その感触は石を触ったかのように、ツルツルして硬かった。
確かに柔らかい、洋服の上を触れたはずなのに、
この目でしっかりと、服の柔らかなシワも見えていた。
しかしそれは、海で削られた石のような、冷たく硬い感触しかなかった。

そのおじいさんが首だけを横に動かしてこちらを見た。
その顔は、リョニーさんだった。
私は声にならない声を上げて、そのまま彼の顔を凝視した。
そんなはずはない！ 私はこの目でちゃんと見てるんだ！

そう思って、もっと近づいて、確かにこの目で見た。
もっと近く、もっとハッキリ、目を凝らして見た。
自分の頭もはっきりしている。
しかし、顔のシワ、深い目、高い鼻、すべて、すべてリョニーさんで、
そして、確かに、この目で見えていた。

そんな……。

私は唖然とした。
だけれど、彼はリョニーさんではないことは分かる。ここに居るハズがない。

でも、どんなに目を凝らしてもリョニーさんだった。

すると、その男はニヤリと笑って、やはりリョニーさんの顔のまま、こちらに手を伸ばした。

その手はやけに妙なスローモーションで、私の目の前で大きくなり、
そして石のように固くなり、私の顔を包むほどの大きさになった。
途端に私は怖くなり、急いでまた寝袋の中に潜った。
もうイヤだ…… もう、本当にイヤだ……。

私は寝袋の中でブルブルと震えた。悪い夢を見ているようだった。
だけれど一つだけ分かるのは、これはすべて本当の体験だった。
この身体で体験していることだった。

夢やビジョンではなかった。だけれど、目で見て触って、いつも確認している方法で確認できなかった。何が本当で何が間違っているかさえ、分からなかった。

するとまた少し確かな感覚から、また感覚のない感覚へと入っていった。

寝袋の中のナイロンの一部を見ていた。
もう何も考えないようにしよう。と、頭が言った。

すると寝袋のそのナイロンの繊維の中に
自分が入っていくのが分かった。もう体の感覚はなく、
そのナイロンと自分の区別がつかなかった。
今度はまた少しづつ、自分のいつもの感覚に近くなってきて、
思い切り手足を伸ばしたくなった。

寝袋は小さく狭く、体を伸ばすなんて、そんなこと無理なはずだ。
だけど、もうモノに「大きさ」なんてないんだ。
だって確かなものなんてないのだから。

すると、身体を本当にうーんと大きく伸ばせた。
手足を思い切り上に、横に、体操の時グーンと伸ばすような感じで思い切り

伸ばした。手や腕の先まで、しっかり筋肉が伸びていっているのが分かる。
足も、足の先まで思い切り動かせた。

寝袋でさえ、私の手足を遮るものなどなかった。

なんだ、本当に、モノの大きさは関係ないんだ。
そう思うと、今度は寝袋が途端にとても小さく感じた。
寝袋は、小さく、小さく、小さくなって、
自分の体がまたどこにあるのか分からなくなった。
私は小さく丸まり、自分の足首を掴んで赤ちゃんのように丸まった。

いつの間にか、自分の足首やそれを掴んでいる手も分からなくなり、小さくたたんだ身体もすべて、呼吸をしている口や肺もすべて、同じように均一に揺れている粒子状の分子になった。

丸まった私の全体が、ただの粒子の塊となってそこに存在した。
私の身体を作っているのは紛れもなく同じ物質で、
そしてそれはこの寝袋も、床も天井も、他のすべても同じだった。

するとシャーマンが唄を歌い始めた。
それはペルーの特別な民族に伝わる唄だった。
その唄も、私の身体と、そして他のものと同じ物質でできていた。

その煙のような、粒子の細かい、パステルカラーのような音楽が、
部屋の天井の向こうの高いところから、全てを包むようにやってきた。

それは、私も一緒に連れ去ってしまうようだった。
私も音楽の一部となり、その粒子の細かい霧のような中に入り
引っ張られ、そして揺れて、流されていった。
音階で、こそばゆいものや、むず痒(かゆ)くなるものもあった。

「あはは」

私は小さく笑い、そして自分のその音で、またゆっくりと元の場所に戻っていった。全てが不確かで、形がなかった。しかし**唯一不変なのは、世界は**

変化し続け、一瞬たりとも同じではないことだった。

私の身体も、目に見えている全ての物質も、
音楽も、匂いも、そして思考でさえ、すべては同じ物質で、
それは粒子状であり、波であり、漂って変化していた。

その瞬間は永遠で、一生続くように感じ、そして一瞬で終わった。
そしてまた、永遠と続いていくのだった。

もうずいぶん長い時間が経った気がした。
それは1日とも、1ヶ月とも1年ともいえるような長さだった。
終わりがなかった。

私は、段々怖くなってきた。
それは、戻れないんじゃないか……という不安だった。
これはいつまで続くんだろう？
そろそろ戻らないと。

あれ？　戻る？　どこに……？

………………。

私は、一体「普通」がどういう状態だったか
さっぱり思い出せなくなっていた。

あれ？ 私、戻れないかもしれない。
戻る……戻る場所が確かあったはずだ……。

あれ？ それより、「私」って……誰だ？
私は、自分の手を見つめた。
見つめた「手」はまた揺れて砂のように消え、
そしてまた「手」になったりした。

世界はどんどん変化していって、
少し現実に似た感じから、ゆらゆらと形のない世界へ、
それを行ったり来たりしていた。

思考と現実は、同じであり、
頭で考えたことはそのまま現実の世界を創った。
海が見たいと思ったと同時に、全てが海になってしまい、
いやここはあの部屋だ、と思ったと同時に、またあの部屋に戻った。
もう怖い。何も考えたくない。消えてしまいたい。
そう思って枕に飛び込むと、
そのまま枕の奥に粒子となって溶けていった。

世界は、本当は思い通りにしかならなかった。
心で思ったことがそのまま世界を創っていた。

あれ?……「私」って誰だ?
そもそも、「私」ってほんとにいたんだろうか……。

私はそのとき、「私」さえ分からなくなっていた。
25年間も呼ばれた、自分の名前さえも思い出せない。
自分の顔も、一体どんな姿だったのかも、
分からなくなってしまっていた。
考える、記憶を辿って。「私」は「誰か」だったはずだ……。
だけど、名前も出てこない。

名前どころかすべての境界線が曖昧な今、「私」という感覚が、よく分からなかった。「私」って誰だ……「私」って、何だ……?

その時、物凄い恐怖が襲ってきた。
ダメだ。このままでは戻れなくなってしまう……。
何か、確かなものを、探しに行かないと。
そうだ! 過去なら、“確かなもの”なはずだ……!

そして私は、過去に戻っていった。
時間は、本当は横軸ではなかった。

本当はいつもこの「一瞬」しかない。

過去も現在も未来も、時間はこの一瞬にすべて存在していて、
時間は横軸ではなく、いうなれば場所だった。
それぞれが粒子の密度の濃さでそこに点在していた。

私はこの旅で会った人たちに会いに行った。
その過去の、その瞬間へ、ちゃんと行くことが出来た。

だけど、その一場面を体験して、その場にまた居合わせても、
どれが「私」か分からない。そしてその場に登場した人すべてが、「私」のように感じるのだ。

そのあとも、色んな人に会いに行った。
高校のクラスメイト。前付き合っていた男の子、昔のバイト先……、
だけどやっぱり、**どれが私か分からなかった。**

友達が何か話している場面だった。
だけど、それは"自分が話している"のか"他の人"だったのか分からなかった。その時私は、何かに気付き始めていた。
そして今まで私が持っていた価値観の崩壊の一歩手前に立っていた。

私を探さないと。確かなものを探さないと。

そして次に会いにいったのは双子の姉のなっちゃんだった。
なっちゃんは、私にとって絶対的な存在だった。
なぜならお腹の中の10ヶ月間も一緒にいて、一緒に生まれてきてからも、誰よりも長く一緒にいるからだ。

私の中で双子の姉の「なほ」こそが、一番確かな存在と思えた。

なっちゃんに会ったら何か分かるかもしれない。何か思い出すかもしれない。そう思ってなっちゃんに会いに行った。それは日本を出る前の一場面だった。

『まぁちゃん！ 行ってくるんで！ 気をつけてな。すごい旅になるよ～』

そこには懐かしい彼女がいた。大好きな双子のなっちゃんだった。
丸い大きな目と愛らしいふくれた頬。私の人生で、一番たくさん見ているであろう顔だった。懐かしい、私が一番見慣れた顔だった。

だけど、分からなかった。

彼女を見て、私は「自分」なのか「自分」でないのか分からなかった。彼女が「なっちゃん」という人なのか、そしてそれは、もしかして「私」だったのではないのか……確かではなかった。

そして理解した。
全部「自分」だと、気付いた。
今まで会った人が全て、「自分」なんだと気付いた。
なぜなら、それは、すべて「私」を通して見た他人でしかなかったから。

すべては「私」という、この2つの目から視覚として、そしてこの耳を通して、時には匂いや、何か雰囲気のようなものを感じて、「私」がその時「私」の五感で感じたままの、「他人」が記憶されていた。

結局は「私」を通さず、世界は何一つ見ることも、触れることもできなかった。だから、「私」は一生、本当の意味で他人のことを「分かる」ことは不可能なのだ。あんなに確かななっちゃんでさえ、「私」を通してではないと、感じることなどできないのだ。

私は25年間、一度足りとも「他人」のことを分かったことはなかったのだ。
私は「私」を通しての「他人」しか見たことはなかった。

私は「他人」を通して、「私」を見ていただけだった。
私はいつも「私」というものを介してでしか、世界を感じることはできなかったのだ。それは、この人生でただの一度も、例外もなく、そうだった。

じゃあ、一体確かなものとはなんなんだろう。

そんなもの、世界にはなかったのだ。世界ですら、確かではなかったのだ。
他人ですら、人ですら、確かではなかったのだ。
そして「私」ですら、確かではないのだ。

その瞬間、私の概念が一気に崩壊した。
私の何かが限界まできて、そして弾けるように崩れた。
そしてそのあとは、人生で体験したことのない、
大津波のような「孤独」が私を飲み込んでいった。

孤独だった。たった一人だった。誰もいなかった。
宇宙の端々まで、私しかいなかった。

そしてそこには恐怖しかなかった。それは底なしの恐怖だった。
私は頭が、おかしくなる、というギリギリを体験していた。
気が触れるとはこうゆうことなのか、とハッキリと感じた。

なにかを掻きむしり、全てを放棄して、私が存在することですら、
全部とりやめ、“無”にしたかった。
大声で取り憑かれたように叫びまくりたかった。
けれど、それをしたらもう、本当に戻れないところまでいってしまう、
そうわかって、喉がつまって声が出なかった。

私はウロウロと歩きまわり、全てが止むのを待った。
だけど、そんな瞬間はもう来なかった。

私がすべての現実だった。私の思考が、私の考えが、方向が、脳が、すべての世界を創っていた。

そこにはなにもなくて、そして全てがあった。
本当はすべてのものが1つで、そしてたった一人だった。

そして少しだけ現実が動かなくなった時、
私はようやく立ち止まり、シャーマンの方へ向き直って言った。

「ごめんなさい。もう終わりたい。もう辞めたいです。もう戻してください」

「お願いします。お願い。もう終わらせて。お願い。お願い……！」

私はシャーマンに向かって言っていた。

叫ばなかった。
叫んだら行ってはいけないところへ行ってしまいそうだった。
だからお腹から絞り出すように声を出して、ようやく出た言葉だった。
通じるはずのない日本語で、とにかく伝えようとした。

ロウソクの灯りの、オレンジ色のぼんやりとした部屋で、シャーマンがあぐらをかいたままこちらを見ていた。他の何人かの参加者もこちらを見ていた。
その一瞬は、いつもの世界に戻ったようだった。
しかしその後、みんながゆっくりと、そして同じように、笑った。

そのままさぁーっと、粒子状の砂のようになって、
見ている世界がまた揺らいだ。

私はそれを見ていた。そして同時に私も同じように不確かに揺らいだ。
私は、また寝袋の中に潜り込んだ。

怖い、怖い、怖い……！

私は震えていた。
確かなものなんて、何もないんだ。何一つ無いんだ。

そうだ……じゃあ私が創ればいい。

確かなものを創ればいい。

そうして私は寝袋の中で、「神様」を創った。

髪は長くて、白人でキリストのような感じだ。
神様は一人がいい。何人もいなくていい。
いてはダメだ！ 確かである必要があるんだ。

この世界に秩序を作るんだ。

だけど神様を作るのは難しかった。細かくイメージができなかった。
何度創っても、すぐ崩れてしまう。

だから違う秩序がほしい。もっともっと確かなものだ。

例えば時間は、ちゃんと横軸に進むのがいい。
ちゃんと毎瞬毎瞬、その分だけ時を刻むんだ。

そしてなにか特別に目印になるものがあればいい。
大きな暖かい光が、ちゃんとすべてを照らしてくれて、
一日が始まることを教えてくれるんだ。
そして、時間が経つと、ちゃんとすべては暗くなる。
時間が経ったことが分かるんだ。

そして一日が終わるんだ。

そしてまた、ちゃんと朝が来るんだ。
決まった時間に、太陽が教えてくれるんだ。
それがその日を始めて、そして終わらせ、区切っていくんだ。

そういう美しい秩序があればいい。
そんな美しさが、確かなものであればいい。

その時、思った。
私は「そういうところ」にいたような気がした。
毎日ちゃんと朝が来て、そして夜になる。
そしてまた美しい朝が来るのだ。

人は愛し合って、この腕で抱きしめ合える。
そうだ、この腕は、人を抱きしめるためにあったんだ。
分かり合えないというのなら、
この口で、この言葉で、身体で、全力で想いやればいい。

この舌で、また美味しいものを味わいたい。
ちゃんと味わうんだ。

この目で、太陽を見よう。それは一日の目印だ。
時間が横に進んでいくという、美しい目印なんだ。

夜に星が出るのも、この目で見よう。
光の美しさを、水面の美しさを、木々の葉の精巧さを、
見よう。この目で、また見よう。

そして、他人のいいところを、美しいところをもっと見よう。

もし、また次……そんな世界に生きていけるのなら、
この五感をすべて使って、感じ尽くしたい。

それはこの小さな身体の寿命では全然足りないかもしれない。
それでも、この五感を使い尽くして、喜び悲しみ、分かち合い、そして人に愛を伝えて、自分の情熱のまま生きて、存分に感じ尽くして生きよう。
ただ一瞬足りとも無駄にしたくない。
無駄になんてするものか。

この世界は９９％が思い通りになって、残りの１％が思い通りにならないんだ。そんな世界を選んで、生まれてきたんだ。

本当は1%の思い通りにならないことが「奇跡」なんだ。

思い通りにならない「他人」は、**私の生きている証拠**だったんだ。

そして時間も、未来も、思い通りにならないことがすべて
私の“生きる”の証明だったんだ。

もし、もう一度生きるなら、
ちゃんとすべてを感じて生き尽くしたい。

失敗してもいい、たくさんチャレンジするんだ。

悲しいのも悔しいのも苦しいのも、
それもすべて素晴らしいんだ。

感じることを怠ったらいけない。
愛する人に、ちゃんと愛を伝えよう。
人は思い合うことしかできないんだから。

感動して生きよう。
誰がなんと言ったって、
自分の信じた道を歩こう。
確かなものなんて、そんなものないのだから。

もう一度、生きたい。
戻りたい。

いや、戻るところなんてないんだ。
本当は選ばないと生きられないんだ。
誰もが全て、どんな境遇でも、自分で選んだから生きてるんだ。

「生きる」なんて誰でも出来ることじゃない。
自分で選ばないと生きられないんだ。
じゃあ選ぼう。

もう一度選ぼう。

もう一度、生きることを選ぼう。

選ぶんだ！　生きるんだ！
もう一度、生きることを選ぶんだ！
もう一度、自分で生き直すんだ！

生きることを選ぶんだ！

ぐあぁぁぁああああああん。

体中、重石（おもし）がのったように重くなり、

そして、

私は、何か確かな場所へ、戻ってきた。

空気が、シーンと静かだった。

さっきまでとてもうるさかったのだ。
粒子が振動して、騒がしかった。
だけれど今はとても静かだった。
私は寝袋からでて、上半身を起こした。

やはりえらく静かだった。
……戻れたんだろうか。

自分の手を見つめた。
指紋の一つ一つ、そして小さなシワ。手相。
その曲がり具合やよくできたカーブを見ていた。
もう、粒子になって消えてしまわなかった。
ずっと見続けることが出来た。

親指の爪の付け根を、前歯で噛んだ。
痛い。

鈍い痛さが、爪の先からじわりと広がっていく。
懐かしい感覚だった。それは「痛み」だった。
私は、まだよく分からなかった。
ぼーっと、そこに座ってただ前を見ていた。
ひどく静かだった。

他の参加者の寝息が小さく、スースーと聞こえてきた。
みんな丸まってそこら中で寝ていた。
前には、壁にうまくもたれかかり、座って寝ている男の子がいた。
彼の立派な金髪のドレッドが下を向いていた。

その彼が、そのまま、かくんと前のめりに少し倒れた。

その時、私のお腹のみぞおちの奥のほうから、熱いものが込み上げてきた。横隔膜が小刻みに揺れた。私の目は、液体でいっぱいになり、そして、それはすぐ頬へと流れていった。

涙が止まらなかった。
肩が震えた。

頬を伝った暖かなその涙は、
私の顎まできて、そして洋服の襟を濡らしていく。
何度も何度も濡らしていく。

「う……うぅ……」

私は声を殺して泣いた。
ブランケットに顔をこすりつけ、
ブランケットの中は声にならない声でいっぱいになった。
目の前の男の子とは、喋ったこともない。言葉も通じないだろう。
だけれど、彼は自分でコクリと傾いたのだ。

それは、私の思いの外にあるものだった。
思い通りにならない世界だった。

それは、まぎれもなく、私の、生きている証だった。

思い通りにいかない他人が目の前にいる、
ただその存在がそこにあるだけで、本当に有り難かった。
少しの間、ブランケットに顔を押し付けたまま
私は泣き続けた。
どれくらいそうしていただろう。
部屋が明るくなった気がして顔を上げてみた。
カーテンの隙間から、小さな光の筋が部屋に入ってきていた。

…………もしかして、

朝が来たんだ……！

そのとき、私は、一気に思い出した。
それは生きていたら笑われるような、当たり前のことだった。

時間は横軸に時を刻み、朝が来て、夜が来る事。
そしてモノは揺れたりせずそこにある。
ちゃんとこの手で触れることができ、鼻で匂い、耳で聞き、舌で味わい、目で見ることができる。
そんなごくごく当たり前の秩序だった。
それを今、ハッキリと思い出したのだ。
私は窓にかけよるとカーテンを開けた。

そこには、美しい太陽が昇っていた。
大きな緑の、なだらかな山々の間から、全てを照らしていた。
その下に生えている豊かな草原、正しく舗装された道路や家族の住む家。

私は隅々まで見た。
その山をつくる緑のひとつひとつを細かく眺めた。
目を大きく開けて、全部をこの目で見ようとした。
だけど見えなかった。目の前が、ふにゃりと歪んだ。
何度も何度も涙をぬぐい、そしてまた見た。
でもいくらぬぐっても、涙は止まらなかった。

それは人生で一番の美しい朝だった。
朝が来たのだ。

また今日も朝が来たのだ。
そして明日もちゃんと朝が来るのだ。
私は、もう一度選んだんだ。
そして戻ってこれたんだ。
また生きることを選んだんだ……！

ありがとう……。
ありがとう……。

ありがとう……。

みんなが寝ているその部屋を抜け、
扉を開き、裸足で外に出た。
足の裏の石ころの感覚、風が頬に当たる感覚。
自分の感じうる、自然のすべてを感じた。

こんなにキレイだったんだ。
世界はこんなにも、美しかったんだ。私は今まで生きてきた中で、きちんと
自然すら見たことがなかったことに気付いた。
葉っぱの一枚一枚がこんなに素晴らしいことを知らなかった。

風はちゃんと音があり、太陽の光にも色があった。
空の青は微妙に違うということ。
山の緑は、それぞれ色の違う、緑色の木から成り立っていること。
そしてその木にも、それぞれ違う色の葉がついていること。
そんなこと、ちゃんと知らなかった。
本当の意味で、しっかりと見たことはなかった。
そしてここは、天国だった。

そうだ、世界に希望なんてなかった。
自分が、そう見ようとするかどうかだった。
私の在り方が、希望を創るのだ。
世界一美しい朝を、ずっと眺めていた。
なんでもない当たり前の奇跡の中を、ただ立ちすくんでいた。

少しして裸足の足を拭い、みんなのいる部屋に戻った。
部屋に戻ると、みんなもう起きていた。
それぞれが、新しい朝を迎えていた。

「ずっと海の中を泳いでたのよ！」
「何も見なかったよ。寝ちゃった……。イビキかいてただろ？」
「前世を見たのよ！　アメージングだわ！」

みんなそれぞれの感想を言い合っていた。
ギターを弾いたり、歌ったりもしていた。
「昨日」がウソのように、まったく新しい朝だった。

みんなそれぞれに違う体験だった。同じ場所、同じ時間にいたはずなのに違った。そして私と同じような体験をした人も、誰一人いなかった。

寝袋を片付け、私も帰りの準備を始めた。
前にいたフランス人の女の子が声をかけてくれた。
「あなた……大丈夫だった？ すごく怖がってたみたいだけど」
「助けようとしたらシャーマンに止められたのよ。彼女に触るなって。彼女は大丈夫だ、自分で選ぶって…… 一体どうなっていたの？」

「え？ ……あはは。そうだったんだ。うん。選んだよ」

彼女は不思議そうな顔で私を見ていた。
目が青く、そばかすが美しい女の子だった。

「あなたはどうだった？」私は英語で彼女に聞いた。
「あぁ、すごく寒くて、途中から震えていたけれど、最後はあたたかくて幸せな気持ちになれたわ。まあ、それだけ。もうやらないと思う」

彼女はこぼれそうな大きな目で首をかしげながらそう言った。
そして、彼女も荷物の片付けに戻った。

みんながそれぞれに荷物をまとめ出て行った。
空っぽの静かなその部屋だけが残った。
みんなの寝ていたブランケットが散らばっていた。
一晩の出来事とは思えなかった。
空気は静かだった。

私は、もう秩序がなかったときの事を思い出せなかった。

この世界がめまぐるしく変化していたのも、今では夢のようだった。
私も静かに部屋を見ていた。部屋ではシャーマンが一人、片付けをしていた。

「……Gracias」彼の背中にそう投げかけた。

彼は振り向くと、ニヤリと笑った。
私は扉を閉め、この部屋をあとにした。

私たちを乗せたトゥクトゥクは、来た道をゆっくりと戻って行く。
※トゥクトゥク＝バイクタクシー

マイース畑の横の小道をずっと走っていく。
大きな緑の山々に囲まれ、その横に続く黄金のマイース畑の横を、トゥクトゥクが通る。トゥクトゥクには、定員を超えて5、6人が乗っていた。誰かの足の上に乗っかったりしながら、ぎゅうぎゅうに詰まっていた。

みんなそれぞれの体験を楽しそうに話している。そこには晴れやかな安堵の表情があった。私は、トゥクトゥクの窓から過ぎていく、道の方を見ていた。あの小屋がどんどん遠くなって、畑の奥に見えなくなっていった。

それまでの私を、あそこへ置いてきたようだった。
一晩で私の人生は、大きく変わっていることに気付いた。

――ありがとう。

だれもいないその道に言った。

全てに言った。トゥクトゥクに乗っている、話もしていないけれど全ての仲間に、道に、太陽に、雲に、すべてに言った。

――ありがとう。

そして私は自分に言った。すべての自分に。

――ありがとう。

絶対忘れないようにしよう。
ここで体験したことを。

そして、また前を向き直した。
もう後ろの道を振り返ることはなかった。

マイース畑が揺れている。黄金に輝いていた。
その揺れはまるで、粒子が無限に動いているかのようだった。
世界には、一瞬たりとも同じ瞬間はないのだ。

ルカが待っている。
一番にハグをしよう。
彼が私をここまで案内してくれた、
そして旅の相棒でいてくれた、
彼が存在してくれたことに、すべてありがとう。

早く、なっちゃんに全部話そう。
声が聞きたい。
また笑い合いたい。
２人でまた生きるんだ。

前を向いた。
涙が頬をつたう。
風になびかれて、涙は過ぎていく道の方へ落ちていく。

私の旅はあともう少し残っていた。
私は一生をかけて、このすべてを世界へ返そう。世界中のあなたへ。それは私へ。

それが私の情熱だ。

私たちを乗せたそのトゥクトゥクは、
その間をゆっくりと、またいつもの村へ運んで行った。

そのあと

次の日、あのシャーマンは村から姿を消した。
旅に出たという噂だったが、確かではない。
そのシャーマンとともに、何かを探している人たちが、いつの間にか次の場所へ移っていった。まるですべてが夢だったかのように、
その小さな村は、また静かな素朴な村へと戻っていった。

そして私たちも、その村を出発した。そのあと私は、半年ほど旅をした。１ヶ月後に帰国する予定で持っていた航空チケットを捨てて、新しいチケットを買った。それからの旅は、路上で絵を描いたりしたり、博物館へ泊まったり、また、たくさんの出会いと違う冒険が待っていた。

ルカとはまた、途中で一人旅同士に戻っていった。
彼は、自分の『聖なる真実』を探す旅へと、出かけて行ったのだ。
ペルーからボリビア、チリへと抜け、そして半年後には私は旅を終え帰国した。

なっちゃんのいる恵比寿のアパートへ。
もとの場所へ。

２カ月後

ポストを開けると、一通の手紙が届いていた。
宛先は、ペルーからだ。あまりにもへんぴな場所らしく、ペルーのどこなのかもよく分からなかった。

そして送り主は、――ルカだった。

まほちゃん元気ですか？

ルカの字だった。
彼の達筆で男の子らしいその字は、まるで彼が話しているようだった。あのとき一緒にいた風景が、一気に目の前に広がった。

僕はついに、『聖なる真実』に辿り着きました。
長かったよ。だけど、素晴らしい出会いがありました。

僕たちはいつの間にか、大切なことを忘れてしまう。
だけどその源を思い出すために『聖なる真実』に出逢うのだと思う。

まほちゃんの心と身体が共に健康で、
まほちゃんの笑顔が、周りを灯す光となりますように。

それでは。また。

ルカ

東京の空を見上げると、
少し淀んでいるけれど、そこには青空が広がっていた。
この大きな空は、ペルーの空と繋がっているんだ。
ペルーだけじゃない。世界中の空と繋がっている。
そして私たちが見上げた、あの時のペルーの空とも。
過去も未来も、この一瞬に同時に在るのだから。

ルカは今もどこかで旅を続けているのだろう。
彼も自分だけの物語を歩いている。
そして、私も同じように。

ペルーでのあの瞬間、私たちの物語は交差したのだ。

手紙をポケットに入れた。
私の物語の中では、彼はずっと、特別な男の子だった。

「ありがとう」 私は口の中で、こっそりと言った。

頬に当たる風は、あの時感じたペルーの風の匂いがした。

あーす・じぷしー結成

「なっちゃん！　ほら来て来て！」
仕事から帰って来たなっちゃんを、急いで狭いアパートの部屋へと連れて行く。

「え？ なになに？」

なっちゃんは、今日で1年半勤めた会社を辞めたのだった。

「え！　なにこれ！　まぁちゃん……私に？？」

そこには、お揃いのバックパックが置いてあった。
私が一人旅で使い込んだ、少し色あせたバッグの横に、
色違いの新品のバックパックを並べていた。
ペルーの民族の刺繍のアップリケつきだ。
それも私が縫い付けたのだ。

「なっちゃん、退職おめでとう！　そしてついに今日から始まるね！
“あーす・じぷしー”結成だよ！」

「あーす・じぷしー」それは、なっちゃんがつけた二人の活動名だった。

EARTH GYPSY。

世界中を二人で最高に自由に旅をして生きる。
それは、二人の夢だった。
そして「EARTH GYPSY」はいつしか2人をも超えて、世界の愛と喜びのシンボルとなっていくのだろう。

「うん。うん！　伝えよう。私たちの生き方を通して。人生を通して、情熱を持って生きられることを、ワクワクして生きられることを」

なっちゃんの目には涙がたまっていた。
私も一緒に泣いていた。
これは二人の大きな夢への出発だった。
そして、その日は大きな大きな満月の日だった。

「うん！　行こう。出発しよう。誰もやってないなら、私たち二人でやってみよう！」

地球上のすべての人には、その人を待っている宝物があるんだ。
もしかしたら私たちの宝物は見つかったのかもしれない。
いや、それはよく分からない。ただ1つ、確実なことは、
その宝の地図の描き方は分かったということだった。

宝の地図は白紙なのだ。
自分で思い出して描いていかないといけない。

でも目的地までの目印があって、それは**魂からの「ノック」**だった。
それは、自分だけが分かる目印だ。

その「ノック」は、ワクワクや情熱と言われるものかもしれない。
自分の胸の内から、私たちが気付くように、ノックされるのだ。
時には激しく、時には奥からゆっくりと、だけど確実に「ノック」されるんだ。
その「ノック」の合図に従って、自分で地図を描いていく。道を辿っていく。

そしたらそこには必ず「前兆」が落ちているのだ。
虹や蝶々、音楽、時には誰かになって、いつも偶然を装って、そっとその置き石は置かれている。

宝物は待っている。どこかで待っている。
あなただけをずっと。

あなたが何度も諦めても、
そんなもの無いんだと言っても、
もう見つけに行くことすらやめてしまっても、
ずっとずっと待ってくれている。

なぜなら、宝物は、必ずあなたが見つける、
その瞬間を知っているからだ。

なぜなら宝箱はあなたが隠したのだから、
これは、あなたが主役の、あなただけの物語。

“エピローグ”

あーす・じぷしーの人生をかけた実験の旅が始まろうとしていた。
所持金は600ドル、飛行機の切符もアメリカまでの片道しか持っていない。
あとは、お揃いのバックパックとトラベルノートだけだった。

「じゃあ、これだけをルールにしよう？」
「うんうん。じゃあ、実験だね。人はワクワクだけで生きていけるか」

あーすじぷしーという生き方
・ワクワクを信じること。
・未来を不安でなく希望で見ること。
・この一瞬を心から楽しむこと。
・“何をする”ではなく、どんな“想い”でやるか。ココロを一番大切にすること。
・場所、国籍、人種関係なく“祈り”と“アート”で生きる。

ノートにこれだけ書いた。決まっていることはこれだけ。
目的地も、地図もない。**心の「ワクワク」だけを道しるべ**にして。

そこはグアテマラのホテルだった。
屋上からは満天の星空が見えるのが気に入っていた。

誰もいなかった。なほとまほだけだった。

600ドルと片道切符だけの旅は、もう2ヶ月ほどが経っていた。
でもまだ序盤だ。

「まぁちゃん、ずいぶん遠くまで来たねえ」
「ほんとやね～。きれいやね～」

二人で夜空を見上げながら、小さい時のように色んな話をしていた。

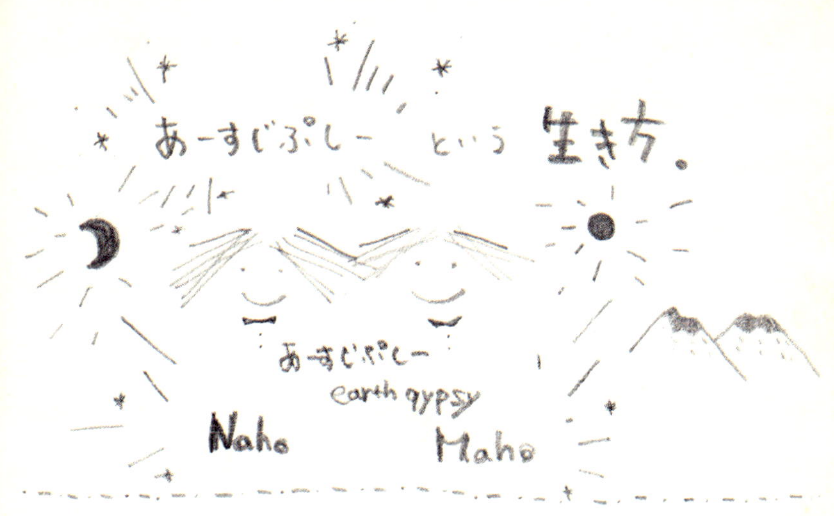

一、ワクワクを信じること。

一、未来を不安でなく希望とみること。

一、この一瞬を心から楽しむこと。

一、"何をする"ではなく

どんな"想い"でやるか。

ココロを一番大切にすること。

2012.9.19

場所、国籍、人種関係なく、

"祈りとアート"で生きる。

あーすじぷしー

実験開始！

chapter 0

空には6億個の鈴が鳴っていた。

これからのこと、やりたいこと、二人の夢や未来を、
子供の頃のように星空に全部描いた。

「まぁちゃん、ここまでの話を書き残そうよ」
なほが突然言った。

二人は、出逢った人や大切な人にはこれまでの話を伝えるようにしていた。
だけど、追いつかなかった。もっと伝えたい仲間がいる。

「もっとたくさんの人に伝えようよ。知りたい人が、みんな見れるように」
「そっか……」

これまでの軌跡が甦ってくる。
人生が全然うまく行かなかったこと。
二人でワクワクを思い出したこと。
まほのペルーでの不思議な旅。
なほの会社での変化。

全て、もう随分前のことのように感じた。

「うん。書こう。伝えよう。仲間たちへ書き残そう」

大きな夜空に向かって言った。
二人の胸が、ノックされた。
それは魂からのノックだった。

まほは小さな携帯の画面に、
自分の人生の軌跡を打ち込んでいた。

大きなグアテマラの星空が二人を見ていた。

はじめまして！

私たちはなほ・まほという双子の姉妹です。

世界を旅しながら“あーす・じぷしー”という生き方をしています。

現在（2014.2.8）グアテマラのホテルでこれを書いています。

この話は、私たちが“あーす・じぷしー”という生き方をする前の話です。

1年前、まさか自分の人生でこんな奇妙な実験を本気で始めると思いもしませんでした。

そしてこんな人生を送るとも思いませんでした。

だけど、とてもとても気に入っています。

私たちは今の人生が大好きです。

子供の頃のシンプルさで段々と生きられなくなってきて、

心を大切にできない理由に“仕方がない”が増えていって、

人生が少しつまらなくなってしまった、あの頃の私たちへ。

そして大切な友だちたちへ。

心からこれを書こうと思います。

世界はなんて

ColorfulでPeacefulなんだ。

人生ってもっともっと

素晴らしい。

EARTH GYPSY あーす・じぷしー
－はじまりの物語－

2017年8月1日　第1刷　発行
2019年5月1日　第2刷　発行

著　者：Naho & Maho
装　丁：高橋実

写真提供：
■iStockphoto：©iStockphoto.com/duncan1890, welcomia, Lukasok, alekcey, konkrete, onebluelight, ArtMarie, peeterv, 4X-image, Stockphoto24, MariaDubova, MariaDubova, AlexZaitsev, standret, BNMK0819, ideabug, duncan1890, Man_Half-tube, Ozerina, mtrommer

発行者：本田武市
発行所：TOブックス
〒150-0045
東京都渋谷区神泉町18-8　松濤ハイツ2F
電　話　03-6452-5766(編集)
　　　　0120-933-772(営業フリーダイヤル)
F A X　050-3156-0508
[ホームページ] http://www.tobooks.jp
[メール] info@tobooks.jp

印刷・製本：中央精版印刷株式会社

本書籍は、2015年4月にTOブックスから刊行された単行本『EARTH GYPSY(あーす・じぷしー)』を加筆修正した《完全版》になります。

ISBN 978-4-86472-597-2